第3者的空間

The Struggle

第三者的空間

楔　子

在『凱撒旅館』的咖啡座裡，文芳和天俊柔情蜜意的對望著，文芳終於笑著向天俊說：

「其實你一提出到『墾丁』來商談結婚的方式，我就知道是你用心不良，騙我陪你住兩天。」

「不是騙，說得白一點，試婚嘛，我們兩人在台北那有機會兩人日夜相處，妳家，我家，圍在我們身邊的人有多少，妳不也是說，這兩天終身難忘嗎？」天俊說。

「終身難忘的事，其實多極啦，不過這兩天眞的…只有我們兩個人，將來我們的日子就是這樣過，每分鐘不離視線，每分鐘身邊有你。」文芳看著他。

「從日出到日落，從深夜到黎明，我們彼此關切，多奇妙的感覺。」天俊笑著：「那麼多的終身難忘，加上這次旅行，我們約定，我們要製造更多的終身難忘。」

「我遷就你啦，舉行盛大的婚禮，不也是個難忘的經歷嗎？」文芳說。

「妳的美好在婚禮上會發揮到極致，妳會覺得自己從未有過的亮麗光彩。」天俊說：「我最心愛的新娘。」

「說眞的，不是這一趟，我還是會堅持去公證結婚，勞師動眾。」文芳說：「現在想想，人生也只有這一次，也不要太委屈自己。」

「多不容易，年輕，相愛。」天俊深情款款：「就算相愛不會變，年歲可是一去不回頭，現在人說：青春不留白，我們這麼美好的婚禮，爲什麼不盛大熱鬧一下。」

「我們要計劃親友名單了，希望得到他們的祝福。」文芳說。

「妳把你的名單開給我，其他的都由我來操辦。」天俊說：「我已想了好久了，一切都在我的腦海中，妳安心做個漂亮的新娘就行了。」

「我個人的名單交給你。」文芳甜蜜笑著說：「我爸媽的，你自己去料理，兩家那麼熟，我們交往，談戀愛，訂婚，幾位長輩扮演的努力不下於我們主角呀。對了，天俊，你會不會覺得你的感情生活太單調，初戀就結婚預備到老了。」

「妳呢？」天俊也笑了：「你也會覺得單調嗎？」

「我是女孩子啊！」文芳說。

「現在女孩子也很了不起的，我們男生都快要叫女男平等了。妳說呀，妳這個…位女性覺得單調嗎？」

「覺得！」文芳說。

「什麼？」天俊大吃一驚。

「我覺得我沒法和我的女朋友們聊天。」文芳古怪著臉，看不出她的心態的虛假：「跟別人比經驗，我好像插不上嘴，連我的戀愛太順也…沒有了討論的地方。」

「哈，是眞的，」天俊大笑：「我在男生群裡也特異得很，不過他們都想見見妳這個大美人，把我制得死心踏地，他們就等著我們的婚禮了。」

同樣的話題繼續到第二天回台北的路上，文芳越想越怕那群『天俊』的朋友，一直追問天俊：

「他們會…怎麼樣？很惡作劇的是…是會怎麼樣，」文芳說：「你快告訴我，否則我反悔啦，還是公證結婚也不請客…。」

「小傻瓜！」天俊一手扶著方向盤，一手過來握住她的手：「婚禮當天的點點滴滴都是我們婚後回味無窮的事，我們朋友們早就對你仰慕羨慕，說不定…哈…。」天俊笑開了：「說不定有人想開你一個玩笑，還會引出打抱不平的人來，結果是…。」

文芳笑了：「結果是他們吵成一團。」

「別動手就謝天謝地啦！」天俊說。

「那麼野蠻哪！」文芳說：「哎呀！你的朋友眞什麼樣的人都有。」

「那當然，同學，同事，最要緊的我的同僚呀！服兵役同甘共苦的朋友。你沒見過的多了，打起來是說著玩的，火爆一點可能的，大家喝了酒了嘛。」天俊說：「只要來出席我們的婚禮，我是不管他們怎麼鬧的。」

「你就不管我啦…。」

文芳的話還沒說完，只看到一輛大貨車，對正著他們的車子迎面撞來，她只覺得天俊大叫了一聲，車子猛烈的撞擊著，自己叫救命的聲音停留在耳邊，她沒有了知覺。

文芳從疼痛中醒來，疼痛的感覺越來越鮮明，她微微的睜開眼睛，終於確信自己躺在醫院裡，她的意識猛然清晰起來，她坐起身來，大叫著：

「天俊…。」

「醒來了…。」

「文芳…。」

「天俊！天俊呢？」文芳忘了自身的疼痛，茫然的問著。

「睡下，躺下！」有人撥動著她的身體，一陣澈骨的疼痛使她躺下了。

「天俊…。」文芳看到自己的母親：「媽，天俊呢？」

「妳受了傷，傷得不輕，得好好養…。」母親悲痛得泣不成聲。

「媽…我要天俊！」文芳極力的叫著：「叫天俊來，快叫他來…。」

「好，伯母，妳去找他。」護士小姐說：「我要打針了。」

「我去叫天俊…。」母親哭著：「我去找他來看妳。」

「快…。」文芳看著母親悲戚的臉色，迎面撞過來的大貨車像是又撞過來，她極喊了一聲：「天俊…。」只覺得母親模糊的身影走出病房，她沉沉睡著了。

天俊！不論文芳每天如何哭鬧，都沒有出現在她的面前，不論她清醒時如何追問，她得到的是哭泣，是安慰，是嘆息。她身上的疼痛減少了，內心的疼痛恐懼增加了，種種跡象是不祥的，她終於在迷濛中醒來，聽到了確實的消息。

「告訴她吧，不能讓她靠打鎮靜劑睡覺呀！」

「是呀！她遲早會知道的，天俊，我們到那裡去變個天俊給她…。」

「唉！死得眞慘…。」

文芳的身體震動得跳了起來，但旋即失去了知覺。等她再清醒過來，她懷疑自己是在那一度空間，光線暗暗的，靜悄悄的…她試著意識自身的所在，她還是躺在病床上，她慢慢的記憶起車禍的情況，她明明聽到車禍現場有人說：

「男的死了，女的要急救…。」

她默默的流著淚，自己不相信都不行，事實是她再也見不到天俊了！她找不到他了！他消失了，消失在車禍現場，消失在她的視線裡！在這幽幽暗暗的地方，天俊可能來嗎？來把她帶走，不論什麼地方她願意跟他在一起！

「天俊…你等著，我來找你來了，你不能丟…。」她輕輕的從病床上坐起來，她想到很多自殺的方法，她一定做得到。

「高小姐，」有人從沙發翻身坐了起來：「妳要做什麼？」

「妳…。」文芳像見了鬼似的看著她：「…是誰？」

「我是妳的特別護士，陪著妳的。」

「妳…。」文芳用不上勁來：「…出去…。」

「不行的。」特別護士說：「妳媽媽爸爸交待過，病房裡不能沒有人守著。」

「求…求求妳…。」文芳虛弱著：「…出去…。」

「妳看妳越來越弱了，睡覺吧，半夜三更的。」特別護士毫不出力的把文芳扶著躺下，文芳又暈了過去。在意識中，她不停的叫著天俊，在迷濛中她四處找尋天俊！

天俊一去不返了！

1

程其新一邊開門，一邊向翁家明說：「拜託把鞋底擦乾淨，我家鋪的是米白色地毯。」

家明說：「我脫鞋好了。」

「也可以，我預備了紙拖鞋！」其新順手開了燈。

家明眼前一亮：「好漂亮！」他脫了鞋換上紙拖鞋。

「請坐。」其新說：「我很快就換好衣服。」

「你是真考究！」家明在客廳裡到處看著：「房子⋯⋯。」

「剛剛出了汗啦！」其新打著領帶從臥房裡出來：「一身汗酸多不禮貌。」

「我可以參觀一下你的房子嗎？」

「這是我的驕傲。」其新擺著手，到處比著：「請便。」

「我不知道你有室內設計的才華。」家明對他另眼相看：「做貿易豈不浪費了？」

「才華？」其新拉著西裝領子，偏著頭看了看：「你也看得出她的才華。」

「我是做什麼的？」家明笑著。

「你是賺錢的大老闆，不一定懂得花錢。」其新搖頭：「我這棟房子，幾乎是拆了重建，只留個外殼。」

「看得出。」家明問：「我可以看看其他房間嗎？」

「請欣賞她的才華！」其新指著他剛剛進去換衣服的門：「從這裡進去。」

門內是個走道，走道兩旁，一邊是洗臉盆，一邊是間有門的浴室，走道盡頭轉彎，是間沒有門的臥房，床頭是貼牆的書架，連著床旁的書桌。

「這位設計師在國外學過裝潢。」家明說。

「她在國內學的是美術，第一次到美國去旅遊，愛上了人家的室內佈置，看了很多雜誌，旁聽了幾個月課，義務的替朋友設計了幾個家庭，大家建議她開家裝潢公司。」

「生意好不好？」

「養得活她自己。」

「她是你朋友？」

「不瞞你說，我愛她。」

「我聽得出，可是聽不出你關心她的聲音。」家明笑著：「我問她生意好不好，你還不趕快替她拉生意！」

「唉！」其新坐下來：「我很矛盾！」

「想把她娶回來燒飯洗衣，在這樣美好精緻的房子裡陪你一生。」家明說：「她事業如眞做成了，就…。」

「好！」其新拍著大腿：「我把她介紹給你，你替她介紹生意！其實她是絕對不會嫁給我的。」

「爲什麼？你這麼優秀。」

「她比我大！她不肯要個小丈夫！」

「哈！流行呀！」

其新也笑了：「我打個電話給她，免得你把恭維她的話給忘了。」

電話是她本人聽的，其新把電話一聲不響的交給家明。

「喂…。」她意外著。

「高文芳小姐？」家明拿著其新遞過來的名片。

「我就是。」

「我有棟房子想請你設計。」家明說。

「好的！我是室內裝潢公司，設計裝潢一起承包的。」她的聲音很好聽。

「我們約個時間去看工地。」

「明天下午二點鐘，在…」

其新搶過電話：「文芳，中午一起吃飯好不？」

「其新呀！」文芳笑了：「我正在疑惑，居然有人找生意上門了！我正覺得成功的了不得了！」

「妳是成功呀！剛剛那個人可是見多識廣，自己有建築公司，手下設計師人數不少，他一看我家的設計，就說有生意給妳做。」

「這倒是個挑戰，明天兩點⋯⋯。」

「不！中午反正要吃飯的，我們就在妳公司的樓下餐廳見。」他又問家明：「家明，好不好？十二點半，全歐西餐廳。」

「好！」家明看著記事本，明天中午有個不算重要的約會，送個花籃去道個歉。

「就這麼說定了好不？」其新問文芳。

「好的，生意第一是不？」

「怎麼？本來有約呀？什麼人？做什麼的？」

「那已是過去的事啦！我們指望明天吧！謝謝你替我介紹生意！」文芳掛斷了電話。

其新拿著聽筒有點發怔。

「怎麼樣了？她不能來？」家明眞指望著。

「她謝謝我替她介紹生意，可是我能介紹成嗎？」

「別慚愧！」家明把他往門外推：「下次眞替她介紹幾筆生意。而我，說不定眞有生意給她做。」

「你眞要她幫⋯幫那棟房子設計呀！」其新鎖著門。

「我在新建的大樓裡買了一個單位，自己住。」

「多大？」

「一百多坪。」

「好，」其新很高興：「文芳一直想設計間大點的住家，著重點完全不同。」

「我對你口中的高小姐越來越有信心，光聽聲音像小女孩似的。」

「小女孩子！我有張和她合影的照片。」其新搖頭：「無論在照片上，或見著我們本人的人，都說她比我小，只有她自己，非相信身份證不可！」

「不論嫁娶只談戀愛！你們新一代的人真藝術！」

「你知道愛情是什麼嗎？」其新開著車，兩眼向前茫茫然的注視。

「你問個結了婚十年的男人愛情是什麼？」家明笑著：「愛情是太太出門，司機車子給她用，我搭別人的便車。」

「我恨不能馬上把文芳追回家供著，也像你一樣的心甘情願。」

「真捨得放棄你的單身貴族頭銜哪！」

「單身貴族如沒有愛情就標準是個乞丐！」其新說：「我這輩子從沒像現在這樣嚮往愛情。」

「魔由心生，你快有愛情了！」

「結了婚的人想什麼呢？」家明說：「我正在想如何設計我的新房子！」

家明當天晚上回到家裡，書房的書桌上有三張設計圖來等著他決定。他一幅幅的打開來看，都不是初稿了，有一張已修改了三次，他自己也出了些意見。只是和腦中其新的家一比，竟一張也不能用。

「高文芳！」

他奇怪著自己竟完全沒聽過她的名字。其新說她設計了不止一間房子，他眞恨不能一間間去看一看，一個學美術而旁通裝潢的人，在功力的持續上有問題。一上來的聰明用完了，後繼就乏力了，但願，高文芳的聰明還沒有耗盡，那麼他將有個格調高雅的家。

第二天上午他陪著他的客戶參觀他的成績，爲了中午和高文芳有約，他就近到了城裡的工地，在中庭裡等升降梯。

「以後這裡是…」客戶對寬闊的中庭有興趣。

「按圖施工，有噴水池和小花圃，除了美觀還可以散散步休閒休閒。」

「很實在。沒有縮水現象。」

「我再帶你看看室內隔間…。」家明抬頭看了看升降梯，升降梯已降到二樓了，他向顧客說：「電梯要明天才…。」他突然覺得眼前一亮，升降梯內下來了一男一女，男的像是房屋的買主，女的白襯衫，黑長褲，蓬鬆著長髮，秀麗奪人。

「妳說得不錯，」她身旁的男人說：「我會向大樓建議，只要觀念一改進，建築上應該不成問題。」

「我隨便說說。」她跳過一片水塘，笑著說。「高小姐，小心！」那人趕快去扶著她。

「高小姐……」家明在升降梯中向外看著。

「沒關係……」高小姐偏頭挪身拒絕了攙扶的好意。

「很亮眼的小姐是不？」顧客看著他笑。

家明沒由來的紅了臉：「你也聽說了，她對大樓有意見，眞想聽聽她建議了些什麼。」

「我們要不要先下去追追他們呢？」顧客說：「如果是寶貴的意見，我的大樓裡用得上。」

「下去。」家明立刻吩咐開動升降梯的人。

兩人下了升降梯，來不及的往接待室趕。接待室內只有位工程師在聽電話。他們追到門外，穿過鷹架，街邊已沒有那一男一女的人影。

「剛剛離開的一男一女你認識嗎？」家明回來問工程師。

「那位陳先生是我們頂樓住戶，女的…不知是不是他的太太。」工程師說。

「陳先生有電話嗎？」家明問。

「有。」工程師從抽屜裡拿出本記事本來，把電話號碼抄給家明：「陳先生買了兩棟。」

「我們去看看。」顧客頗有興緻。

工程師關照開升降梯的，帶他們到了陳先生的房子。

「一棟在樓上，」開升降梯的把他們帶到一個大間面前：「陳先生想做樓中樓，那位小姐有意見。」

「什麼意見？」家明和顧客同聲問。

「我…沒留意聽！」

家明就勢帶著顧客參觀了兩層樓，顧客大致上非常滿意，只是他還想聽聽那位小姐的意見，聽了之後衡量輕重才起草簽約。

「我有陳先生辦公室和家裡的電話號碼，」家明說：「明天我就有答案給你。」

「最好能當面聽聽她說些什麼。」顧客臨走時說：「我的新大樓地段那麼好，建築設計方面也要十全十美。」

「當然！」家明不想和他多說，他心慌著十二點半的約會。他有個直覺，高小姐就是高文芳。

十二點多一點，家明就到了中飯約會的全歐餐廳，在淡淡的輕音樂聲中，他奇怪著自己迫切的心態。

他竟等不及的又打了個電話給陳先生，回答並不出乎他的意料，還沒回來，也沒有消息。

他放下手機，一眼看到其新和高文芳…他確信那蓬鬆的頭髮、白色洋裝的背影就是高文芳！

「你看，我們沒有遲到，你的朋友還沒有來。」她的聲音清嫩甜蜜，聽不出一絲責難的意思。

「嗄…。」其新看看手錶。

「我在找…你啊！」家明顧看手中的手機，轉眼向高文芳說：「妳就是高文芳小姐！」

「喔，是的！」她大方的伸出手來：「翁家明先生。」

「應該由於我來介紹呀！」其新說。

「我剛才已見過高小姐了。」家明覺得文芳近看的秀麗比遠看的氣質更吸引人，有點拒絕人的冷淡。

「眞的？」其新訝異著。

「在復興工地。」文芳笑著向其新說：「我不是說復興工地的老闆我見過嗎！」

「你今天上午去了工地？」其新扶好文芳的椅子，一邊問家明。

「有個人有塊很好的地要讓我建築。」家明向文芳說：「本來已談得差不多了，只等今天看了復興工地就簽約。」

「你說過！」其新說。

「他現在又在考慮了。」家明說。

「爲什麼？」其新問：「不滿意復興工地！」

「是高文芳小姐對復興工地有意見，他想聽聽高小姐的意見。」家明說：「高小姐，記得嗎？下升降梯的時候，妳和陳先生正在討論妳的建議！陳先生很認眞，妳說妳只是隨便說說，我那顧客爲了妳這句話，特地到馬路上想追上妳，聽聽妳的建議。」

「到底是什麼回事？」其新問。

家明又仔細從頭說了一遍，高文芳笑了。

「我眞的是隨便說說，陳先生要把他的房子改成樓中樓，又要中空客廳，不合適嘛。」

「不合適？」家明問：「可有人這樣改了。」

「通過樓梯上去，可以。把客廳的頂上挖成中空，樓上只留一半就不好。除非把窗子打掉了重新換一整片的窗子，否則兩截窗子和陽台多難看。」

「有理！」其新說：「我見過那種樓中樓，眞不好看。」

「打掉窗子和陽台就破壞了外觀，大樓不會答應。」家明說：「我另外一棟工地有他要的樓中樓，事先設計規劃好了的，那兩層的陽台和其他層都不一樣。」

「陳先生已買了復興那兩棟了，我想其他方法替他設計。」高文芳說。

「還有我的，高小姐！」家明笑著：「我的房子也要請妳幫忙。」

「好哇！」文芳說：「我要到現場去看看。」

「就在妳今天去過的那一棟的 9 樓。」

「文芳，價錢照實算，別因爲他是我朋友就像對我似的特別少算。」其新接著文芳的話囑咐著。

「好。」文芳笑著：「當然得聽你的！」

「有道理！」其新滿意的挺直了腰：「家明、你預備花多少錢在裝潢上？」

「看高小姐怎麼設計，然後才決定材料。」

「這樣吧！文芳，設計費另算，材料由他決定。」其新擦著嘴角向文芳說。

「慢慢談啦！」文芳說：「先要看平面圖。」

「現在就決定了！」家明雙手舉著飲料：「麻煩高小姐了。」

文芳也舉起杯來，迎接到家明眞誠的眼光。

2

高文芳在房子裡到處走了一走，向翁家明說：「這些隔間都是依照你的意思間隔的嗎？」

「三間臥房，一間書房，廚房、客廳，都是我和…我太太的意思。」家明說：「妳看呢？」

「外表不能破壞？」

「陽台窗型不能影響了外觀。」

「你想怎麼設計呢？」文芳問：「照你已隔好的形式，還是按照我的做法，我一樣達到你們的要求，三間臥房一間書房、廚房和客廳。」

「按妳的做法呢？」家明笑了。

「我要重新隔間，我採開放式廚房，多一間儲藏室，多一間洗衣間，多一個小廚房！」文芳說。

「好！」家明心悅誠服：「照妳的構想設計。」

「會浪費一點時間。」文芳到處摸摸看看。

「我找人幫妳把隔間打掉。」

「有些可以保留的，我先把圖畫出來。」文芳說：「圖通過了，再估價錢。」

「一定請妳幫忙了。」家明說：「我非常喜歡其新的房子。」

「你這間和陳先生的樓中樓應該比其新的好。」文芳很有把握。

「我巴不得馬上住進來了。」家明自己都覺得誇張。

「我儘快設計，不過工人難請。」文芳說：「明天我請人來測量。」她又笑了笑：「我可以叫他到接待室來拿鑰匙。」

家明把鑰匙拿出來交給她：「妳全權處理，時間、金錢都不要考慮，妳認爲該怎麼改都可以。」

「平面圖會讓你通過的。」文芳接過鑰匙，領先往外走。

家明跟在她身旁，注意著一步之外的文芳，三吋高跟鞋，提著個名牌公事包，款款的走著，有點疏離，也有些驕傲。他突然一陣不捨，壓著自己的心跳，向她說：

「中午有空嗎？約其新出來吃飯好不？」

她走進了電梯，看了看手錶：「我另外有約，改天吧。」家明一直把她送上車，看著她打著方向盤帥氣俐落的上了路，他仍在街邊怔怔的站著，這是個什麼樣的女人，短短時間的接近，已使他心神不寧。他已多年不知愛情的感覺，但是並沒有忘了那強烈的訊息。他向她車行去處抬眼張望，確信她的車子失去了蹤跡，才勉強著自己回到停車場，路過接待室，裡面的人叫住他：「董事長，您電話。」

他急著過去聽：「喂。」

「家明嗎？」是其新：「文芳呢？」

「她剛走。」

「生意談得怎麼樣?」

「我當然交給她做。」家明突然覺得寂寞:「出來吃飯吧!」

「我跟文芳約好了。」其新笑著:「你不會來當電燈泡吧!」

「再見。」他心中一陣悸動,眼睛都潮濕了。

「喂,心情不好嗎?」其新竟聽得出他的心聲:「接受我的忠告,回家看大嫂吧!我這單身貴族近來心情特別好,只要一想到文芳,我的心情就不能不好,差勁的男人!回家去吧!」

「好的。」他強打精神:「替我問候高小姐。」

「我會的。」家明掛上了電話。半天不能動彈。高文芳竟這樣拒絕他,她真這樣珍惜和其新的單獨共處?抑或她也接受到了些危險的訊息,警覺了而躲避了!是應該躲避,聽其新的勸告,回家吧!家一向是他的避風港,不論是何種風浪,回家總是對的。

再接到高文芳的電話,已是長長的三天之後了。

「翁先生,」她的聲音不急不緩:「平面圖好了,什麼時候送給你看。」

「我…。」他想去看她:「我下午在南京東路有個約會,離妳公司不遠,我去…。」

「今天下午?」她似乎有點措手不及:「幾點鐘?」

「妳說呢?」

「四點好不？」她說：「我下午也有點事。」

「是不是約了其新？」

「不是，」她好像沒聽出他話中的弦外之音：「那麼四點鐘見。」

四點差五分，他到了她公司的樓下，才走進電梯，就聽到後面有人叫：「等一等。」

他按著電梯的門一看，高文芳正大步急速的走來，長長的頭髮向後飄著，整個暴露的小臉微微發紅，他不由得離開了電梯，向她迎了過去：「你把電梯放走了。」她手搭胸口的笑著。

他立刻重新按了電梯：「我們都沒有遲到。」

「台北的交通，」她整理著頭髮：「不遲到眞難。」

「我會等妳，妳不用那麼趕。」他讓她進電梯。

「遲到！」她微微搖搖頭：「沒有什麼藉口。」

「像妳這樣的人，是有權讓人等待的。」

「是嗎？」她越發搖頭。

他還想說些什麼，電梯打開了。高文芳示意著他走了出去。

她的公司顯然是經過設計的，灰白的主色，處處放置著綠色的盆栽。她把他讓在小會議室裡坐，在會議桌上攤開了平面圖。

「大門的方向重新開過，因爲我需要個玄關使客廳稍稍隱密，而不是一目瞭然，寬大的視野在進入玄關之後，廚房餐廳連著客廳，空間很大！」

她在他身邊解說著。

「書房呢？」

「書房是獨立的和主臥房、更衣室、洗手間成爲一個整體。」她用原子筆指著：「書房的採光特別好，可惜的是這棟大樓還沒有角窗的設計，我利用這兩排落地窗當中的柱子形成，安排了個咖啡座 ，適合兩夫妻消磨個寧靜的夜晚或一個週日的午後。」

「很好。」

「主臥房和孩子們的房間隔著客廳，我沒有安排客房，如果需要的話，可以…」

「不需要，這張圖很好，不用再改了。」

「請把圖帶給你太太看看，」她說：「這是小廚房，炒炸菜的地方，看她中不中意。」

「是的，是的！」他找不到話說。

「請喝咖啡。」她把咖啡移過來。

他喝了一口放下了，她立刻警覺的說：「涼了。」她開了門，叫進來小妹：「替翁先生換杯熱的。」

「那杯呢？」小妹指著她的杯子問。

「一起換吧！」

「我可以到處參觀一下嗎？」

「當然！」她站起來：「只是格局很小，眞是一目瞭然！」

她帶著他經過間五六個人的大辦公廳，到了她自己的辦公室，除了辦公室書桌支了個書架之外，倒很普通。他們坐在兩張單人沙發上，小妹已送了咖啡過來。

「妳這公司成立了…」他問。

「三年！」

「房子是自己的？」

「租的。」文芳說：「好朋友嫁到美國去了，租金特別便宜。」

「眞的，是好朋友才有資格把房子便宜的出租，如果交情不夠的這樣建議就太突然冒昧了！」

她的咖啡杯懸在嘴近，偏頭看著他，聽不懂他的話。

「其實把房子空著等漲價，不如讓好朋友住著，房子有人住反而不容易壞。」他又說。

她放下咖啡杯，還是不知如何接腔，幸好難堪的沈默很快地便被電話打斷了。

「喂！」

家明佯裝著在看平面圖，在她坐回沙發時，他捲起了圖，抱歉的說：

「有我在旁邊，害得妳講話不方便。」

「是其新的電話，要來接我下班。」

「他這麼殷勤，快吃你們喜酒了吧！」

「什麼？」她有點吃驚。

「其新告訴我，他對妳一片眞心，可是妳反應並不熱切。」他知道自己很無聊：「他應該知道，他一定有很多競爭者。」

「你的咖啡又涼了！」她很不高興他的交淺言深。

「我可不可以借用一下妳的電話。」

「請。」她站起來要離開辦公室。把私人空間讓給他。

「請坐！」他按著她肩頭：「我打個電話給程其新，約他吃晚飯。」

「他馬上來了。」她有點失措。

「也許他沒空和我吃晚飯，」他走向電話：「我就不用等他了。」

他撥了電話：「找程先生…好，不用了！」他向她笑著：「他急著走過來，請准許我就在這裡等他一下。」

「我去替你換抔咖啡。」她站起身來。

「不用！」他站起來攔著她：「我不喝了。」

她只好坐下，端起自己的杯子來喝。

「喝咖啡不會影響妳睡眠？」

「不…」

電話鈴聲打斷了她的回話，她向他笑笑：「我聽個電話。」

「我在會議室研究研究平面圖。」

文芳回著電話，是一筆業務。但是她心神不能集中，七上八下的不知如何對付會議室裡的翁家明，她早已覺察出他不懷好意，竟拿不出勇氣去拒絕他。要做他的生意絕對不是藉口，她拒絕過比這更大的生意。她最痛恨這些有婦之夫，他們有什麼資格到處留情！但是……

放下電話後，她手中多了張約會的單子，地址、電話號碼都記下來了，是筆可觀的生意，她竟用那種語氣去對待人家！她在座位上坐下，不願去招惹翁家明，讓他受點冷落吧，他不用她做設計師更好。

「嘟！」對講機響了。

「什麼事？」文芳回答。

「程先生來了。」助理黃秋虹告訴她。

「請他進來。」

進來的還有翁家明，他好像正向其新提出吃晚飯的事。其新大笑著：

「你是否該請請文芳！你滿意她的設計吧！」

「滿意！」家明看著她：「是下了功夫的。」

「文芳，想個昂貴的餐館，翁老闆既有錢又有誠意。」

「你想，」文芳向其新笑著。

「到新同樂去吃魚翅、鮑魚吧！」其新伏在她辦公桌上和她商議。

「聽你的。」文芳說。

小妹又端了咖啡來，三個人在辦公廳裡磨時間，商議著怎麼坐車，三個人三部車，結果是坐家明的車，他有司機。

「你不跟你太太報備一聲嗎？」其新問。

「請她一起來。」文芳說：「我正想聽聽她的意見。」

「她今晚約了她的女同學吃飯聊天去了。」家明說。

「難怪你這麼篤定，有恃無恐，平時呀，早急著走了。」

文芳笑了：「我還眞會猜事情!?你看看我的平面圖吧！即使在家裡，我也把他夫妻的距離靠得很近。」她突然很興奮，把書架上的一張白紙掀起來，下面一張赫然就是家明家的平面圖：「你看，他在書房看書，太太端來茶點、咖啡，夫妻兩人在窗前小坐，共語家常，有構想不？」

「啪！啪！」其新鼓掌：「你太太眞該好好請請文芳！還得我作陪！」

「不會少了你的。」家明說。

這樣的話題一直繼續到飯店，點的菜果眞有魚翅和鮑魚。菜才上，不遠的桌子上來了一個家庭，家明道了聲歉就過去打招呼。

「家明人頭廣，妳只要把他的房子設計好，就等於做了活廣告。」其新握著文芳的手，小聲的說：「我跟他私交不錯，他愛打網球，我們就成了好朋友。精明幹練，但很上路。」

「不要太相信你自己的判斷！」文芳笑著：「你到底太年輕，不識利害，看不出人品！」

「想不到年輕也是罪過！」其新說：「而且是不可彌補的罪過！」

「心態的問題！」文芳說：「你把我當姐姐，你會快樂很多。」

「我還沒有死心！」其新握著她的手：「愛情的偉大在乎它可以突破一切的障礙、年齡、身份、地位！」

「你真固執！」文芳感嘆著：「我們以後少見面吧，見多了，我沒有鼓勵你也脫不了干係！」

「我是自己的主人，我是主動的，不需要有人鼓勵，也不聽規勸！」

文芳看著無可奈何！她對走回來的家明也無可奈何。

「喂！談得這麼親密，我回來得太早了。」家明一坐下來就說。

「家明，」其新問：「你接不接受鼓勵和規勸？」

「接受！我小學的時候！」

一頓晚飯吃得非常愉快，飯後在文芳辦公大樓前分手，家明向文芳說：

「高小姐，我可以知道妳家的電話嗎？我太太如有意見，我立刻告訴妳。」

當天晚上他果然來了電話：

「我現在在我的書房裡，沒有妳設計的咖啡座，一個人可以想很多事，我回想今天晚上的一切，很像過了一輩子，喜怒哀樂全嚐遍了！我不知道我明天會怎麼樣！如果我明天不再打電話給妳，表示我已認清了我自己，否則，我願上天幫助我…晚安！」

文芳失眠了！

3

文芳按著平常的節奏在過著生活，喝了杯咖啡就匆匆往外趕，她感覺得到父母詢問似的目光，這只有促使她的行動更加快速，直到坐上駕駛座，她才定了定神把潛意識裡企盼的感覺拖開，她的經驗告訴她，翁家明對她剎時間的愛慕已成了過去。昨晚的電話已說明了一切，說明了他的愛慕、他的猶豫。今天早上從眼睛一睜開，翁家明的人影就到了她腦海，在穿褲襪的時候，她竟有股禁不住的悸動與喜悅。這才攪得她驚慌失措，就在早晨整裝的短短的過程中，她歷經了強烈的戀愛感覺，只是倏忽來去的喜悅感被沉寂的電話撲熄了，她一整夜都記得他昨晚的電話內容，似乎是不著邊際的喃喃自語，傳遞給她的確是綿綿的情意，這久違了的感覺重新的震撼著她，可是當她停好車拿著鑰匙，走在行人道上時，在車內困擾著她的夢幻似的情緒已成了過去。

行人道上陽光充足，滿眼是車輛與大樓。刺激得她有點暈眩，她搖頭向自己笑著：

「多麼不值得，可笑的一夜失眠。」

到了辦公廳裡，充沛的冷氣使她神清氣爽。黃秋虹過來向她說：

「程其新先生剛剛來了電話。」

「有事嗎？」她的心悸一下，會不會是翁家明請他打來的。

「請妳回他個電話。」秋虹說。

「好的。」

「還有…吳伯母回來了，等妳電話。」

「先接吳伯母！」文芳手按著太陽穴，泫然欲泣的悲哀使她低下頭去。

「嘟！」對講機響了，秋虹在那邊說：「吳伯母，一線。」

「吳伯母！」她鼻音很重的激動著：「中午我去看妳。」

「我昨天很晚才到，今天休息一天，明天妳一早來我家。」吳太太有點咳嗽。

「妳不是說今年不回來的嗎？身體還沒大好似的。」文芳說。

「還是回來一趟好。」吳太太笑了：「順便也看看妳呀。」

「妳多休息，我明天八點就到。」

「我替妳準備早餐。」

「不要太忙。」

「明天見。」吳太太掛上了電話。

文芳才掛上電話，其新的電話就進來了。

「幫我一個忙。」其新說：「今天晚上跟我一起出席一個餐會，做我的女伴。」

「其新，」她靠在椅子上，異樣的疲倦：「你眞想得出來。」

「不是想出來的，是眞有必要，今晚每個人攜伴參加，我不想例外。」其新說：「所以請你成全。」

「一定是很正式的場合，男士們帶的伴不是自己的太太，就是正正經經的小姐了？」文芳問：「不可能有人不識好歹得帶些『有價之寶』吧！」

「文芳，」其新慎重的說：「妳應該信得過我！」

「好，那麼，我替你請我的助理黃秋虹陪你去。」

「唉！」其新嘆息著：「這世上眞有這麼多不死心的人，我如果要追黃秋虹還用得著妳再三提醒。」

「你請她試試看，也許她肯陪你去，我…對不起得很，不可能的！」文芳挽：「我替你約黃…」

「我不想把事情越弄越複雜，我另外找人，或者我就一個人去。」其新說：「中午出來吃飯，好不？」

「我昨晚沒睡好，不想出去。」

「那麼…」其新不知如何關心她：「明天見了。」

「明天見。」

文芳的情緒越發的低落，在椅子上坐不住，吁了口氣站起來在辦公室裡來回的徘徊著，難道她眞被其新他們鬧昏了頭了嗎？昨夜一夜沒睡，自己思想的、興奮的全是爲了翁家明，要不是吳伯母的電話，自己還記得去金山看大俊嗎？這麼重要的日子！到現在…直到吳伯母的電話來了才記起來！多麼可鄙的女人啊！時間沖淡了情感和誓言了！是的！五六年了，但是五六年是個藉口嗎？五六年就可以忘去一段刻骨銘心的感情了嗎？

翁家明！她停下了腳步，在無限的悔恨中，這個名字仍能帶給她新的刺痛！他已決定不再見自己了！多麼可悲的自作多情？抑或是…「篤！篤！」門聲謹慎小心。

「進來。」她就勢坐在沙發上。

黃秋虹一進來就向她陪著笑：「要不要我陪妳去買東西？」文芳知道她是指什麼『東西』。

「今天…沒什麼重要的事吧！」她陷坐在沙發裡。

「今天，明天，都沒有什麼特別的事。」

文芳點點頭：「是呀，這兩天不會有重要的事。」

「所以，我陪妳去買！」

「不用，」文芳站起身來，走回辦公桌。鎖上抽屜，拿了皮包：「我自己去。」

秋虹直把她送到電梯口：「明天也不來了？」

「我會打電話來。」

「有事我會找你。」秋虹在電梯門縫中向她擺手。

到了大街上，她的心情略略的開朗了，慢慢的走著不思也不想。她不知道走過了多少道，直到覺得累了才走進一間小咖啡廳。在歐陸式的小巧環境裡一坐就又是一段時光，直到天俊又鮮明的活在她的心中了，她才為了他明天的忌日著手採購。她提著香燭紙箔，走在陽光偏西的走廊裡，拋不開的淒楚在心裡一點點的增加著！天俊一走，她的世界再也沒有了溫暖與顏色。勉強的活著，與痛苦相伴。

在停車場打了個電話到樓上辦公室，黃秋虹告訴她很多事，她並沒有仔細聽，掛上電話她覺得有點對不起黃秋虹。秋虹對工作那麼盡心，自己只爲了排遣時間，打發光陰！文芳知道自己有權決定自己的生活方式，只是在父母面前得不到諒解，她倒能體諒父母的心理，誰不希望自己的女兒幸福呢？

文芳把採購的香燭都留在車上，有她和吳伯母悲哀就夠了。可是在晚餐的桌上，爸爸嘆了口氣向她說了：

「明天又是天俊的忌日了。一年一年的，時間過得眞快。」

「看著妳一個人來來去去的，」媽媽也說：「我們心裡也眞難過。」

「吳伯母回來啦。」文芳强笑著：「我又該去陪她住一陣子了。你們暫時可以眼不見心不煩。」

「是呀，」媽說：「她上午打電話來啦，身體不太好，還…眞不怕累！」

「唉！眞是的！」爸爸說：「我這麼好的女兒。偏偏碰到吳天俊！」

「天俊…。」媽媽嘖者嘴說不下去。

「爸，媽，別想啦，要是天俊不值得我想著，我早就忘了他了。」文芳安慰著父母：「別替我難受呀，爸爸媽媽，公司、愛情我都有，還有吳伯母，對我比對她女兒還好還親，說起來，我什麼都不缺。」文芳好像在分析自己。

「妳倒想得開。」媽媽搖頭。

「是呀，想得開日子才好過呀！」文芳說。

吃了晚飯，她就回房整理行李，和吳伯母在一起的日子比跟爸媽的好過，她們的喜怒哀樂比較一致，中心人物、中心話題一向是天俊，談著說著雖傷心也感到安慰。跟爸媽在一起强顏歡笑的時候居多，只有在自己的房間裡她才能眞正的面對自己。

她坐在地毯上，凝視著床頭天俊的照片，兩眼蓄著深情，微張的嘴唇在向她傾訴，這麼鮮活生動的人，怎麼能相信他已不在人世了呢？怎麼到處都找不到他？

「天俊！」她流下了眼淚：「天俊，我向你說些什麼呢？這麼多年，什麼話都說盡了。」

淚眼朦朧中天俊走遠了，英俊的笑容模糊了，她呆呆的靠在床邊坐了好一會，好不容易才睡著，就覺得有人在追打她，她沒命的跑著，口裡叫著「翁家明！翁家明！」

翁家明在她眼前出現了，雙手叉著腰，兩眼瞪著她身後，身後的威脅減輕了，她感激的走向他：「翁家明！」

文芳被夢境驚駭得坐了起來，在黑暗中她仔細的回想著夢境，那麼清晰再三的叫著的竟是翁家明！怎麼可能呢？

但是這竟是事實。夢中的翁家明面目清楚，神態英勇，自己一看到他，所有的恐懼害怕都消失了，他替她抵擋了一切的險惡，她在心安中醒來。

她心不安，在今夜這樣的時刻，來夢中和她相見的應該是天俊！可是她從來沒有夢見過天俊啊！事實上她的夢並不多，也不清楚，多半是無從記憶。而今晚的夢，似乎越來越清晰，她記得她叫翁家明的聲音，她記得那求保護的心情。

她不會解夢，她弄不清夢的由來。她也沒臉面對天俊的照片，她只有坐在黑暗中一陣陣的心裡發寒。她不知道是什麼時候重新睡著的，醒來時間已晚了，匆匆漱洗了就拿了行李往吳家趕，吳伯母一看到她，眼光就膠著在她臉上。

「文芳！」吳伯母摸著她的臉：「妳還好嗎？」

「這兩天沒睡好。」文芳把行李放到客房去。

「眼圈都黑了。」吳伯母跟著她。

「沒有化妝，上了妝就看不出來了。」文芳笑著：「今天，我不想化妝。」

「身體要緊啊！」吳伯母說著又咳嗽兩聲：「活得不健康還不如……。」

「早飯給我吃什麼呢？」文芳往餐廳走：「我要一杯牛奶一杯咖啡就有精神了。」

「我給妳煎個蛋夾麵包吃。」吳伯母說：「睡不好就要吃得好。」

「跟妳住一個月就能長一磅。」

吳伯母從廚房出來，坐在文芳對面才向文芳說：

「文芳，這次我要在台北多住些日子。」

「啊！」文芳說：「不想外孫嗎？」

「我在美國常想妳，想到妳都是一個人守著棟空屋子，很寂寞的樣子。」

「怎麼會，我一直跟爸媽住在一起，從來沒有一個人住過。」她看著吳伯母，在她臉上竟找不到天俊的神韻。

「大概是我怕妳一個人住！」吳伯母頗含深意的看看她：「文芳，妳今年三十幾啦？」

「幹嗎？」文芳故意不搭她的腔：「越來越老了，記它幹什麼！我也忘了。」

「三十四啦！」吳伯母不放過她：「還有沒有人追呀？」

文芳沉下了臉：「怎麼這樣問！」

「問了這些年了，妳總不給我圓滿答覆。」

「回答還是一樣，有人追！」她突然想到了昨夜的夢：「追得⋯」把她追到翁家明面前去了。她突然一陣心煩：「能不能以後再談談，下午我還想補點覺呢！」

吳伯母笑了：「看樣子有點苗頭啊！什麼人能弄得我們文芳大小姐心煩意亂呀！」

「捕風捉影，自作聰明。」文芳瞪著她。

「不過妳要小心，等妳把所有的心事都告訴我之後，我就要來衡量衡量妳這八個字的價值了，說不定要妳大大破費一次才能算完。」

「等著敲竹槓吧！我們去歐洲玩。」

吳伯母咳嗽著：「歐洲的天氣⋯算了吧！我只想在台北跟妳到處走走吃吃小館。」

「今天想吃那家小館？」文芳把她往外拉。

「秀蘭小館好不？」吳伯母鎖著門。

「不准點蹄膀、豬腳，」文芳說：「只能…」電梯裡人很多，文芳湊在她耳邊說：「別以為跟我在一起就可以亂吃亂玩啦！」

兩人儘量培養愉快心情，去面對那錐心之痛。車過十八王公廟，買了些水果又繼續上路。

「我在國外都聞名這座廟，聽說很靈。」吳伯母回頭看著那毫不起眼的小廟。

「尤其是男女感情的事，很靈。」

「妳拜過嗎？」

「沒有。」

「那天我替妳來拜拜。」

「深夜一點鐘呀！」文芳笑著：「妳怎麼來？」

「前天夜裡我到台北時已很晚啦！」

「我正要怪姐姐她們呢，電話也不來一個，讓妳一個老太太摸黑跑高速公路！」

「那妳可錯怪她們啦，人家特地安排了個小男生，還是個博士哎！一路把我照顧到家裡！」吳伯母點頭說：「過兩天，我要請人家吃飯，謝謝人家，妳作陪。」

又是件麻煩事！文芳正心煩，突然轉彎處一部大貨車，偏出它自己的車道，對著她的小車子迎面猛衝而來。

文芳只覺得一陣神智迷糊，下意識的打著方向盤向山岸處閃躲，車身在猛烈震盪之後，一切都靜止了。

「哎呀！」

「文芳！文芳！」吳伯母叫著。

「文芳伏在方向盤上不能動彈，渾身疼痛，不知傷在那裡。

「文芳，抬起頭來，試試抬起頭來！」吳伯母哭了：「不要傷了頸子！」

文芳抬起頭來，胸腔像斷了骨頭：「吳伯母，妳受傷了沒有？」

「我…。」吳伯母檢查自己：「好像…沒有！」

「天俊保佑妳。」

「保佑我們！」吳伯母說：「要不是前面這棵大樹擋住，我們連車帶人全下去了！」

文芳哭倒在吳伯母懷裡：「我們怎麼辦呢？」

她恐懼、害怕、疲憊而疼痛！她像在茫茫的夢境裡，她需要保護，她需要幫助！她能要誰呢？現在不是做夢，她不能像夢裡一般，隨意大叫。

「有人來了！」吳伯母憐愛的安撫著她：「一對夫婦停了車，過來了！」

4

文芳躺在玻璃窗內，翁家明在玻璃窗外徘徊，為什麼不進來呢？

「唉！」

「文芳！」

文芳睜開眼，吳伯母在燈光幽暗中呵護著她。

「文芳，那裡痛是不是?那裡痛？」吳伯母輕微的咳嗽著。

「妳怎麼不睡覺呢？」文芳直覺得心痛：「妳…。」她看了看四週是自己的房間：「妳一直坐在我這裡？」

「沒有！」吳伯母 停止了咳嗽，連連申訴：「妳睡得不穩啊，好像在說什麼，又像在叫喊什麼人！」

「唉！」文芳忍不住的嘆息，夢境仍然清楚，只是她說不出口。

「不要胡思亂想。」吳伯母說：「受了傷情緒更會低落，黃秋虹說前些時候妳生活得很好，我一回來…。」

「聽她亂說…」文芳握著吳伯母的手：「妳不回來，我才…。」

「文芳…。」吳伯母說：「這也許是天俊的意思，不要妳再上墳了！妳對得起他了，否則受傷的該是我這老骨頭，不是妳啊！」

「妳不是說，不是那棵大樹，我們全下了山崖了！」文芳流著眼淚：「天俊保佑著我們。」

「家裡已供了他的牌位，以後就在家裡祭祭吧！」吳伯母替她拭著眼淚：「不覺得傷處痛，我就放心了。」

「我送妳回房去睡覺。」文芳推開她的手，扶著床沿就要起身。

「嗳！」吳伯母笑了：「眞好多啦，說坐起來就坐起來，連眉都不皺一下。」

「幹嘛呀！」文芳索性站下地來：「把我研究得這麼仔細！」

「這下可好了。」吳伯母摟著她的肩膀：「人一下地就有精神了，快好起來吧，那個小男生等得不耐煩了。」

「那個小男生？」文芳也摟著她的腰，相依相偎往吳伯母房裡走。

「就是那個從美國陪我回來的謝錦龍呀，每天打電話來。」吳伯母坐在窗前沙發津津樂道：「眞是個好孩子，妳該見見。」

「妳眞一心一意要把我嫁出去？」文芳在她對面坐下：「沒有感情也得嫁？」

「妳讓自己一直活在天俊的陰影裡，怎麼會愛得上別人呢？」吳伯母暗暗嘆息：「告訴妳啊，我不是個自私的母親，巴不得有人爲我兒子守活寡，唉！其實連個守活寡都談不上，頂多是望門寡！妳這麼年輕，我希望妳活得幸福。」

「愛不上別人？」文芳聽得心驚膽戰。

「是呀！一波一波的，有多少人在追妳，那個程其新聽說也不錯。」

「眞奇怪，我跟他就只有朋友感情，跟本談不上愛不愛的。」文芳無法向自己解釋，為什麼白天黑夜縈繞在腦海的全是翁家明的影子，多陌生的一個人。「老想著天俊，別人怎麼到妳心裡去呢？」吳伯母說：「天俊大概也曉得這個情形，所以那天去金山才會出事。」

「天俊曉得！」難道那些夢也是天俊使然！文芳覺得一陣毛骨悚然！他若有知，他那能做這種安排！他不心痛嗎？

「他那能不曉得。」吳伯母專注的看著她：「文芳，妳相信做夢嗎？」

「做夢！」文芳大吃一驚：「做…什麼夢？」

「說也奇怪，」吳伯母也很疑惑：「天俊去世這麼久，我心心念念的想再看他一眼，那怕在夢裡，可就連一點影子也沒有。」她停了停有點傷心：「直到我認識謝錦龍，他看了妳的照片就喜歡上了。當天晚上我就做了夢：夢見天俊和妳手拉手的站在我面前，突然天俊發了脾氣，把妳往我懷裡推，妳摔在地上，我正要去扶妳，妳被一個男的扶起來了，我到處在找天俊，天俊已不在了。我一急就醒了過來。這不是明擺著他把妳推給我了嗎？怪我沒有替妳設想嗎？」

「我不懂！我不懂解夢！」

「我也不懂！如果說夢是平常事，我想了他這些年到現在才做了個夢，而且那麼清楚，就像他告訴我什麼事似的。」

「後來，有沒有再夢到他？」文芳追問。

「沒有，」吳伯母說：「我還眞盼望著他再到我夢裡來。可就再也沒有了！」

「如果，妳一連串的做夢夢到他那該…多好！」

「那有這樣的事！聽也沒聽說過。」吳伯母打著呵欠：「去睡吧，別跟著我白天黑夜的把日子過得雲裡霧裡似的。」

再躺回床上，文芳睜著兩眼傷心欲絕，天俊！她鍛鍊了好久才能不爲天俊傷心的，今天晚上又整個的爲他崩潰了！她相信吳伯母的夢中啓示，天俊是在關心她！只是她這些天來有關翁家明的夢怎麼解釋呢？自從受了傷休息在家裡，多少人來慰問過，程其新更是電話鮮花不斷，她心心念念的翁家明只在夢裡來探訪她，白天聽不到他一點消息，夜裡不停的在夢裡騷擾她！剛才就是被夢境驚醒的，有多遺憾，隔著層玻璃，表明著彼此無緣。偶然相逢，他撤退得迅速，何必在夢中一再强調他的心態呢？這幾天他一點音訊也沒有，把他的無情表現的非常徹底。

她和吳伯母原本是無所不談的，而翁家明的夢中出現，成了她的秘密。

如果翁家明是天俊送到她夢裡的，她就要怨天俊了！

啊！天俊啊！

她心情歡欣的走在台北街頭，在肩碰肩的人叢中，她一眼就看到翁家明在翹首企盼著她，她輕飄飄的走到他身旁，拉著他的手，仰臉看著他。

街上的人！她四面注意著街上的人！我的天！多少人啊！

她的手放在胸口，感受到劇烈的心跳，這一刹那的朦朧間又是一片夢境啊！她坐起身來，下了床在窗前站定，窗外不是大街，是對面大樓的牆壁，灰禿禿的什麼也看不到，沒有人群，沒有翁家明。

文芳不記得自己是什麼時候再上床睡覺的，醒來只覺得陽光刺眼，滿室寂靜。她把床頭鐘拿在手上，快十二點了！有這樣長時間的熟睡，難怪她覺得很有精神，她放回小鐘正要下床，吳伯母出現在房門邊。

「我已張望了妳十幾次啦，眞能睡！」

「我就起來！」

「別！」吳伯母趕快阻止著：「妳一定餓了，昨晚六點吃的晚飯，我拿碗稀飯來。」

她乖乖的等著吳伯母去而復返，把她當成病人似的扶著她吃稀飯。「我覺得我已好啦！」文芳向她說。

「年輕人受點硬傷本來也不是什麼大事。」吳伯母說：「受了驚嚇是眞的」

「今天倒好，一個電話也沒有，要不然……」

「我把電話拿下來了，手機也關了打不進來！」吳伯母笑著：「看妳睡得熟，我就高興！」

「我要打個電話到公司去問問有沒有事。」文芳趕緊到客廳裡打電話給黃秋虹。

「高小姐，妳把電話掛起來了吧！」秋虹問：「我一直打不進去。」

「有事嗎？」

「程先生急死了，他剛剛才離開我們公司，到妳那兒找妳去了。」

「那兒？」

「妳…吳伯母家。」秋虹有些怯意：「他再三保證妳責怪下來有他負責，我才把地址…。」

「他已來啦？」文芳急著問。

秋虹還沒來得急回答，門鈴已響了。

「伯母…。」文芳阻止著吳伯母：「先讓我回房去，穿著睡衣不能見客。」她又向秋虹說：「我再打電話來。」

文芳回到房裡把房門關上，聽得見其新和吳伯母自我介紹的聲音，她匆匆換了衣服，胸前些微的疼痛沒有緩慢她的動作，到洗手間去流洗化了點妝，出了房門，其新滿臉光彩的站了起來。

「對不起呀，我來得突然！」他微微彎腰道歉。

「請坐。」文芳自己也坐了下來：「吳伯母把電話切斷了，你急著找我有事不？」

「沒事！」其新連連速搖手：「沒事。」

「他本來只是打個電話來問個好的。」吳伯母替他說：「一直打不通，倒越來越擔心了。他怕妳身體不好，又去了醫院。匆匆忙忙的電話沒掛好，所以非親自來看一下不可。」

「我好好的呀，是吳…」

「人一著急，」吳伯母笑了：「幻想就特別豐富，想得合情合理。」

「我現在想想倒是在鑽牛角尖，」其新自我消遣。

「你吃了午飯沒有？」吳伯母問。

「沒…。」其新照實說。

「那拜託你帶文芳出去吃飯吧！我爲了怕吵著她我也沒燒菜。」吳伯母伸了伸懶腰：「她今天精神也好，小病提提精神復原得更快。」

「伯母一起去。」其新高興得站了起來。

「我不去了，她睡了一上午，我靜悄悄的坐著倒睏了，我隨便吃點東西，倒眞想睡個午覺。」

「我們不打擾妳。」其新向文芳說：「文芳，願意去嗎？」

「好。」文芳點著頭：「我去拿皮包。」

文芳一轉身，又聽他們談得起勁。

「我兩兒兩女，可是我說最喜歡文芳，人與人哪，就是個緣份。」

「伯母相信命運？」

「活到這麼大，不信也信了。」吳伯母感嘆著：「好多事想不通，就只有相信命運了。」

「伯母算不算命？」其新在引話題。

「我最喜歡去算命啦！」吳伯母說：「我在美國還碰到兩個通靈的。」

『通靈』其新傻了。

文芳拿著皮包，等吳伯母把話說完。

「一見到我就能知道我的前世。」吳伯母說。

「妳前世是什麼我也知道。」文芳笑了。

「啊！」吳伯母不信：「是什麼？」

「觀世音菩薩，聖母瑪利亞。」文芳說：「或者是媽祖呀，天后呀，這樣的…前世！」

「胡扯，」吳伯母罵道：「那些都是永恆的，那還有什麼前世後世！」

「好吧，我不胡扯了。」文芳說：「妳眞不去吃飯？」

「我想睡午覺，昨天晚上沒睡好。」吳伯母揉著眼睛：「還眞睏。」

「伯母，再見。」其新鞠躬告退。

「再見。」吳伯母替他們關門：「有空常來坐。」

兩入一路上談的全是吳伯母。

「她對我眞好。」

「她命好罷了。」其新說：「她對妳好，妳對她不更好？我呢？我對妳好，妳呢？」

「妳還要不要我吃飯呀！」文芳半惱著：「我身體還不太好哩，不能吵架。」

「好！換個話題，我送的花妳喜不喜歡？」

「喜歡。」

「比別人的好吧！」

「別人？」文芳問。

「我的競爭者呀！」其新說：「知道妳病了，還不大獻殷勤！」

「感情的事不是競爭得來的。」

「我相信精誠所至金石為開。」

「我相信一見投緣，再見鍾情。」文芳憧憬著：「像雲一般無阻，像水一般自然，彼此都能洞悉對方的心意，感情在相思中增長，在苦惱中完成。」

「妳…。」他用手摸摸她的前額：「妳在做詩呀，我只知道妳是位偉大的室內設計師，想不到妳的詩才也驚人。」

「偉大呀，驚人呀，把什麼都掛在嘴上，你就不能放在心裡增加點深度。」

「放在心裡？」其新不解：「放在心裡我怎麼讓妳知道我愛妳。」

「方法太多了！」文芳不願多說，對夢中的情懷越發的不能釋懷。

將近二點了，很多中餐廳已到休息時間，他們到了「福華」二樓，預備隨便吃點三明治。

二樓咖啡廳人數不多。他們還是等帶位小姐來安插坐位，在小姐身後才走了兩步，有人招呼他們。

「高小姐！」

「是你⋯。」文芳小聲說，大概只有她自己聽得見。

「其新，我在找你，來得全不費功夫。」翁家明兩眼訝異的看著高文芳。

「誰找誰呀？」帶位小姐已識相的把他們座位安排得很近：「到國外去也不講一聲，每次都是我巴結著問你的秘書：什麼時候回來呀！」其新說。

「我不想打攪。」他看著文芳，兩眼深情而苦澀。

「接到什麼大生意啦？」其新問。

「這次純粹是去渡假，台北⋯。」他在向文芳說。

「全家一起去的。」其新隨口問。

「只我和我內人。」

三明治來了，文芳咬了一口，差點吃嗆了！

「換點別的，」其新趕緊招手叫招待：「病剛好應該叫點湯什麼的。」

翁家明凝視著她，把無限的悔恨自責寫在臉上：「妳病了！」

文芳低頭看著三明治，終於抬起眼來：「車禍！」

「多久前的事?!」他的眼睛在檢查她的傷勢。

「多久？」其新點好了湯：「嗯，就是你出國的那天，差點送了小命！」

「五天了！」他凝視著她。

5

吳伯母把牛奶遞到文芳手中，看著她說：「今天氣色精神都該恢復了。」

「不好不行，好多事等著我啦！」文芳喝著牛奶，提著精神：「妳一個人在家做什麼？不約些老朋友聊聊天。」

「妳晚上回來吃飯吧？」

「回來。」文芳想多陪陪她。

「那好。我約謝錦龍來吃晚飯。」

「那個謝錦龍？」

「我從美國帶回來…。」

「拜託。我身體還不太好呢！」文芳說：「讓我清清靜靜的休息一天不行？」

「妳已休息了好幾天了，人家一直打電話來，要想見見妳。」

「可以！」文芳明知躲不過去：「見見面可以，妳以後可不能再強迫我非和他約會不可。」

「約會呀，談戀愛呀，都是你們自己的事了，我管不了那麼多。」吳伯母替她拿著皮包，又整理著她的頭髮：「下了班就回來！」

「當然，不回來去那裡。」

文芳決心那裡也不去。自從昨天無意之間碰到翁家明之後，她刹那間整個的開朗了起來，別人雙雙對對的去渡假，她還有什麼理由去爲他情思纏綿。她記得她略爲失措後，立刻恢復了正常，以平常心去面對翁家明，那頓便餐的後半段很令她自己滿意，把翁家明和程其新一樣對待，心中那點朦朧牽絆已不再困擾她了。臨分手時她大力的和他分手道別，蓄意不提他那新家的裝潢工作，她不想再見他了。奇怪的是昨夜仍然夢到了他，很多人在一起，他拉著她，挽留著她的去勢。停了車，她很輕快的走向大樓電梯，對夢中情景不再多思多想，世如春夢了無痕，白天的事都掌握不住，夜裡的事更加縹緲，也更不值得去傷情動性。

一推開辦公廳的門，黃秋虹站了起來。「翁先生在妳辦公室等妳。」

她頓時怔住了！一早上培養起來的情緒整個變了，黃秋虹的一句話吸乾了她的精神，到她辦公室的那幾步路走得她艱難而吃力。她努力鎭定自己，向跟著她的黃秋虹說：「來談他新房子裝潢的是不？」

「他沒有說，」黃秋虹小聲說：「公司還沒開門，他已等在那裡了，把小妹嚇了一跳。」

文芳吸了口氣，點了點頭，自己推開辦公廳的門，笑著走了進去，嘴裡來不及的道歉：

「對不起，我今天來晚了，讓你…。」她終於看清了他，紋風不動的坐在沙發上，定定的看著她：「讓你久等。」

他看著她放下皮包，坐到他對面的沙發上，以一種純生意人的口吻向他說：

「今天上午我有個約會，你應該先打個電話來約個時間，現在！我很抱歉了。」

「我約妳，妳會見我嗎？」他注視著她。

「有事嗎？」她問得冷淡。

「很多事。」

「我會看情形的，生意上的事，我會挪出時間來的。」她支著頭，不去理會他臉上的表情。

「我知道除了生意以外，我是沒有什麼機會的。」他說：「我對妳有份瞭解，自從吳天俊以後，妳把自己封閉得很厲害 你現在和吳天俊的母親住在一起，所以我昨晚沒有打電話給妳。」

「那很好。」她不想接他的話題：「很感謝你能尊重別人。」

「那位吳老太太，對妳還有約束和要求嗎？」

「她和我的感情很特別，不是一般人能瞭解的。」當她推開心底的迷惘時，她恢復了她的冷靜。

「但是她很殷勤的招待程其新，讓程其新覺得她簡直就像妳的母親。」他顯然不是容易被嚇倒的人。

「是的。」她笑了：「她像母親一樣。把我當做作她的私人產物。」

「這就是我們對她的共同瞭解，她像是妳的母親而不像吳天俊的母親。」

有誰敢在她面前一再的提到吳天俊呢?她忍無可忍了：「翁先生，你說有生意要談的是不？」她看了看手錶：「十分鐘以後我要出去見位顧客。」

他走到她辦公桌旁，掀開上面的罩紙，指著他新居的平面圖說：

「就照這張圖，請妳估價，儘快開工。」

她跟過去，看著平面圖、立面圖、透視圖：「妳太太有意見嗎？」

「她非常喜歡。」他指著書房中的咖啡座：「尤其是這裡，她說只有女設計師才瞭解女人的心理，她欣賞妳空間的利用。」

「用最好的材料，加上我的設計和監督費，我會把估價單送到…你公司好嗎？」她預備送客。

「我還有件更重要的事。」他又在沙發上坐下：「妳給我的…」他看了看手錶：「三分鐘時間是不夠的了。要不要另外約時間？」

她想了想，走出了辦公廳，向黃秋虹低聲說：「再過十分鐘妳催我出去見客戶。」

黃秋虹來不及的點頭，這一套她們經常使用。文芳按了按黃秋虹的肩頭，過去的歷史，給了她更多的力量。使她再回辦公室時有個燦爛的笑容，輕聲的向翁家明說：

「黃小姐替我找理由遲到十分鐘。」她篤篤定定的坐下：「翁先生是什麼重要的事，請說吧！」

「我有位顧客，在台北東區有塊很好的地，本來已談得差不多了，在復興路工地碰到妳對陳先生說對復興路的大樓有點意見，他堅持要聽妳的意見。」

她突然一陣寒心又一陣憤怒，復興路的事已好幾天了。他顯然是逼到現在不得已才來找她的，甚至他家的設計工程也是因爲這個理由，才不得不交給她做的。她原本蓄意拒絕他的快感頓然消失了，她不知道如何面臨這份失敗。她覺得一陣頭暈，人有點飄懸，她支著頭儘量維持個生意人的冷靜：

「我已說過，我只對陳先生的樓中樓有點意見，我不懂大樓設計。」

「這件生意是一定成的，不論妳說什麼，都沒有影響，如果妳不和他見面談一次，他就不能簽字。」

他的聲音滲進了苦澀：「我一直找藉口說妳忙妳沒空，我不想利用妳，可是…。」他無奈的聲音中已失去掙扎的力量：「我昨天再見到妳，尤其我知道妳出了車禍！我想了一夜，我決定了，我躲不開妳！該來的就讓它來吧！我今天…」

「篤！篤！」門一響，黃秋虹就進來了：「高小姐，妳該起身了，顧客在等著。」

文芳點點頭，黃秋虹笑了笑關上了門。

「我…。」文芳站了起來，對翁家明投過來的炸彈，她無法招架：「我要出去了。」

「我們什麼時候再見？」他有點慌有些窘，一手放在褲袋裡像克制著自己。

「我不知道我什麼時候有空。」她避開他逼人的眼光：「我…打電話給你。」

「妳會打嗎？」

「我會。」

「我也有很有默契的秘書，妳只要有電話過來，十分鐘之內我一定會打電話給妳，我的大哥大不常開機，我的秘書比大哥大還好。」他握住她的手：「從現在開始，我每根神經，每個細胞都在等妳的電話。」

「再見。」

「妳去那裡？要不要我送妳。」

「我自己開車。」她站定腳步不想送他。

他深深看了她一眼，才走出她的辦公室。文芳跌坐在沙發上，一股又悲又甜的情緒交纏著她，使她茫茫然的不知置身何地，她思想混亂得不知坐了多久。

「篤！篤！」秋虹又敲門進來了：「妳現在眞有…。」她快步走到文芳前，仔細的觀察著她：「妳不舒服了？」

文芳搖了搖頭：「沒有。」

「翁先生的裝潢給我們了沒有？」

「給了，」文芳坐到她辦公桌邊去：「我承包的估價，要最好的材料。」

「太好了！」秋虹拍著手：「程先生說替他裝潢等於是做廣告。」

「我自已得盯得緊一點！」文芳儘量把心思放在工作上：「他還要我替他的新大樓出點意見，好像我懂得建築似的。」

「可見妳一定懂呀！」秋虹熱心著：「想想看，妳學過室內裝潢。」

「其實，」文芳也想起來了：「我特別喜歡角窗，窗子對室內設計非常重要。」

「妳說過好多次啦！」秋虹鼓掌：「我們如果能參加大樓的設計那該多好呀！」

「再說吧！」

「機會要把握喲！」秋虹說：「妳還特別把翁先生趕走了！看妳！」

「機會總是有的，」文芳說：「現代的人很注重室內裝潢！」
「我說的是大樓設計！」秋虹說：「妳看翁先生多欣賞妳，新家…。」
「妳不是說我該出去了嗎？」
「對，」秋虹急了：「妳快去吧，這個現場也有一百多坪，生意是越來越好了。」
「我隨時和公司通電話。」文芳拿起皮包：「翁家明的案子交給誰呀！」
「給金小姐盯著吧，別人手上都有工作。」
上午的生意接得很順，屋主夫婦對她的看法很欣賞，特別請她吃中飯，等著她的平面圖。
下午回公司就當時印象畫了張草圖，等量了尺寸再仔細規劃。快下班的時候，程其新電話來了。
「一起吃晚飯。」
「不行，我回去陪吳伯母。」
「吳伯母很看中我，我打電話替你請假外出。」
「今天絕對不行，」文芳笑著：「她親自燒飯，幫我介紹男朋友。」
「什麼？」其新訝異著：「介紹男朋友？」
「她從美國特地帶回來的，把人家誇得什麼似的，我還眞不知道怎麼得了呢！」
「我的天，我越發的沒有希望了。」
「唉！你總是不肯把我當朋友對待。」

「等妳愛上吳伯母給妳介紹的…那個好得不得了的人，我就做妳的朋友。」

「我沒說他好得不得了呀！」文芳突然說：「你要不要來吃飯，到我…吳伯母家來吃晚飯！」

「妳不怕傷吳伯母的心，我還不願去殺風景呢！」其新說：「我今天晚上會打電話去探聽消息，看我是不是應該絕望！」

「爲什麼不主動一點呢？說高文芳我放棄了，願意做妳的朋友…」

「我那麼笨，讓妳全心全意的去結交別人。我要讓妳有個三心二意的機會！」

「壞心呀！」

「至少我今天成全妳。」其新說：「如果他眞好，我會主動的打退堂鼓，晚上通電話。」

文芳也希望吳伯母介紹的這位博士能吸引她，使她的心不再爲不必要的人悸動，翁家明態度越來越明顯，他能怎麼樣，自己又能怎麼樣？他不會爲她離婚，她也不會破壞別人的家庭，她一向愼於始，這次也不例外。白天的心心念念和夜晚的夢魅纏繞，都要讓它成爲過去。有什麼過不去的呢？吳天俊都過去了！

她提前下班回家。在菜香四溢的廚房裡我到吳伯母。

「我回來幫忙了。」

吳伯母回頭看了看她：「去洗個澡吧，我都做好了。」

洗了澡吳伯母已在房裡等著她了，看著她化粧，忍不住也暗暗心傷，只故作輕鬆的向文芳說：

「要不要聽聽人家的身家過去呀？」

文芳在鏡子裡看著她笑了笑：「妳和姐姐們看好了的，大致錯不了。只要有緣份，我不會故意和誰過不去，要是不對眼，沒有 Feeling，我絕不勉强自己。」

「如果硬要找缺點，他離過婚。」

「我正奇怪他這個年紀了，又這麼優秀。」文芳穿著衣服：「爲什麼離婚呢？」

「詳細情形不太清楚，好像是他太太不太安份，好賭成性。」

話沒談完，客人已在按門鈴了。文芳和吳伯母一起去開門，謝錦龍，穿著西裝留著長髮，拿了把小小的花束，以最慎重的態度把花別給文芳。

「高文芳小姐！」他彬彬有禮。

「謝先生請進來坐。」文芳接過花，轉身向裡讓著，就這麼一眼，她已感到彼此之間的不可能了。

一頓飯吃的賓主盡歡，謝錦龍對文芳有很多讚美，談到文芳的室內裝潢時，謝錦龍兩三次避開了吳伯母的話題，他只說：

「我看得出，我看得出。」

「你看過我的…我設計的房子了？」文芳好奇著，難道又是個翁家明，看了程其心的房子就動了心？

「沒有，」他坦然的說：「但是我有感覺，我見過不少知名的室內裝潢設計師，分辨得出。」

「你還沒說，你對文芳的感覺怎麼樣？」吳伯母說。

「她何必裝潢房子呢？」謝錦龍說：「設計好房子給別人住，她應該住在個美麗的房子裡，過她安逸的日子，她沒有藝術家的狂放，她是個美麗的好女人，會是個了不起的妻子，也會是位好母親。」

「伯母，」文芳笑著：「謝博士否定了我的小小才華。」

「事實上，」謝錦龍搖著他的長髮：「這世上稱得上有才華的人有幾個呢！」

文芳和吳伯母對看著簡直想笑，倒是謝錦龍自己好像觸動了感懷，匆匆告辭了。

送走了謝錦龍之後，文芳問吳伯母：

「我還要和他交往著看看嗎？」

「奇怪，」吳伯母百思不解：「他平時不是這樣的。」

當天夜裡文芳又做了一個夢。

她在菜市場買魚，把一條條的活魚從水裡拿起來放到翁家明的籃子裡，放了一條又一條，直到她從夢中醒來，她覺得她的手還還是濕淋淋的！她翻身坐在床上，兩手和頸脖裡都是汗。她抖著長髮，努力回想著夢中的翁家明，他沒有任何形象，她只是知道他是翁家明。

不論如何，她是不會打電話給他的！

6

文芳一走進辦公室，秋虹就指著她的辦公室問她說：

「翁先生在等妳！」

文芳立刻變了顏色，他有什麼權利向自己這樣糾纏。

「還有位先生和他一起。」

「程其…。」

「不是…。」

「高小姐，」翁家明推開她的辦公室，向她笑著：「早。我特地帶了龐先生來看妳。」

「高小姐！」龐先生站在翁家明身旁。

「啊！」文芳心裡明白了，這位龐先生就是在東區有土地的人。「你兩位擋著門了。」

「請！」龐先生趕快讓路：「翁先生說妳…沒空和我見面，我只好登門打攪。」

「請坐。」她向龐先生說：「實在很抱歉，我不懂大樓設計，翁先生…。」

「他說了，說得很詳細。」龐先生很風趣：「請你千萬別懷疑他的轉達能力，只是我個人對高小姐非常仰慕，復興路的大樓，在我以爲是很有水準，我一定要親耳聽聽高小姐親口的意見。」

文芳說了一半電話響了：「喂。」她聽著電話，覺得翁家明冷落著龐先生，在密切的注意自己。

「我只是…。」

「高小姐，」是黃秋虹：「剛剛翁先生已把同意書和估價單子交給我了…啊！」文芳知道秋虹在暗示她待客之道。「小金已叫承包商來打隔間了。」

「等一下就要和他談話。」

「小金？」秋虹說。

「是的。」文芳放下電話。

龐先生向她道歉：「打攪妳工作時間，」他又向翁家明說：「時間就是金錢，你應該請高小姐做妳的顧問，這樣她才有空和我們談話。」

「高小姐。」翁家明看著她：「我正式下聘書邀請，千萬不要推辭。」

「謝謝兩位好意，我…。」

「這樣好了，我替高小姐拿個主意，按件計酬，我的那棟新大樓必定得高小姐做顧問。」龐先生著撐著他的胖腰：「否則，我還是交空地稅等著它有更好的機緣。」

「高小姐不能再說不懂建築了。」翁家明說。

「龐先生…。」文芳不知如何再推卻。

「妳放心，」龐先生靠近她：「我會替妳好好敲他一下。現在給我個時間，我們先去指點他的復興路大樓，再去看我的東區黃金地！」

文芳看了翁家明一眼，他欣然等待著她的同意。她同意了。

「我看看今天有沒有事。」她用對講機問黃秋虹：「我今天沒什麼事吧？」

「小金在等妳談話。」

「沒別的事了？」文芳說：「我要和翁先生龐先生出去。」

「剛剛程先生打電話來，我說妳在談生意，他叫妳回電給他。」

「我晚上打給他。」文芳放下電話向龐先生說：「我有空了。」

「那我們也有空。」龐先生向翁家明說：「上午看復興路的那棟問題大樓。下午看我的東區黃金地。」

「把我家的平面圖帶個副本去，」翁家明說：「當場解釋一下。」

「妳儘量批評，別怕傷他的感情，」龐先生又鬼裡鬼氣的小聲說：「他也沒有感情，大不了，在我的新大樓裡再讓他買一棟。」

「我請高小姐替我挑一間最好的。」翁家明接過文芳手中的設計圖幫她拿著，替她開門向外走。

文芳覺得身不由己，她在大辦公廳裡站下來，培養著排斥的心情，她已養成很明白什麼事該不該做，不願意被人逼上梁山。

「高小姐，」黃秋虹走過來，預備給她適當的支援。

文芳找不到什麼藉口，只好在兩位男士的護駕下走進了電梯。

在龐先生的賓士 600 裡，文芳和家明被讓在後座，家明斜靠在車門上，肆無忌憚的看著她。她鎮定的望回去，他眼中太强烈的心聲使她迴避了。她傾聽著龐先生的自吹自擂，她的眼角讓她知道翁家明在寫些什麼，果然，他遞過來一張名片。

「有巢你知道嗎？」龐先生在問。

「不知道。」

文芳眞不知道他問的是什麼。她全神注意著手中的名片，名片上印著翁家明的名字，上面有手寫的字跡：「爲了妳，我可以做個人人唾棄的人。」

她大吃一驚的看著他，他的表情複雜，複雜到令她心痛，他的無奈與決心引發起她共赴黃泉生死與共的澎湃情懷。她拿著名片的手不由的顫抖著，她正要把名片還給他，車子已停了，龐先生已恭恭敬敬的替她開了車門，彎著腰，伸著手接她下車。她只好把名片順手放進衣裙的口袋裡。

龐先生握著她的手，一起仰望著磚紅色的新大樓，哈哈的大笑著「哈！拆了鷹架。看起來順眼多了。」

他把她的手夾在腋下：「妳說呢？」

「說什麼？」她的心智恍惚著。

「翁先生。」工地主任迎了出來。

「算了，給他留點餘地，免得他走不進去，暫時不說了。」龐先生說。

「我們隨便看看。」翁家明不要他跟著。

大樓裡非常忙碌，來往著的裝潢工人和處處堆積的材料。文芳在龐先生的牽扯下反被絆了一跤，身不由己的向前俯衝著。

「哎…呀！」龐先生叫得比文芳還大聲，趕緊彎身察看她的高跟鞋，兩手用力的搓揉著她的腳踝，口裡還不停的吹著：「弗，弗！痛不痛？傷了沒有？」

文芳羞紅了臉，縮著身體沒處躲藏。家明把她擁在胸口，滿臉是自我譴責：

「怪我不好。」

龐先生直起腰來，指著翁家明說：「記著，高小姐無論那裡不對勁一概找你賠償，我是見證人！」

「我負責到底。」家明的手臂更加用力。

文芳輕輕掙脫了家明，反而主動的去扶著龐先生。

「我會保護妳。」龐先生拍著她的手：「他要有一點賴皮妳就找我。」他又笑了：「不過妳放心，他是個君子，否則我也不會把我的黃金地段交給他。」

「你唯一的附帶條件是高小姐。」家明深情的看著文芳。

「因爲我知道她是全台北唯一不站在你一邊的人，要不是我親自出馬，你就是請不動她。」

「我的確努力過。」他另有含意的看著她。

「努力有什麼用！」龐先生挺起腰：「誠意！我們今天一大早就守候在妳公司門口，哈！把小妹嚇得兩眼直看我們！」

這顯然是翁家明的招數。

翁家新居門戶大開，走進去一看，金小姐正手揮著施工圖對著兩個承包商大聲發話：

「…我當然會提供施工圖，可是你們得…。」金小姐扭轉身來：「高小姐！」

「我們公司的金小姐。」文芳替他們介紹著。

「啪！啪！」龐先生鼓著掌：「了不起的行動效率，接到訂單後，一分鐘也不耽誤。」

「我爭取這件工程的工作圖製訂。」金小姐說：「我實地堪察一下就更有把握。」

「妳能知道高小姐爲什麼那樣設計嗎？」龐先生很有興趣。

「我最好能知道，否則我的工作圖不能通過。」金小姐說。

「我們來看看她知道多少？」家明說：「需要補充的請高小姐說明。」

「何必當面考人家小女孩呢？」龐先生無限同情。

「這…對我有好處，減少我琢磨的時間。」小金滿面光彩：「是我的好運氣。」

「各位這邊請。」小金把眾人引到大門口：「玄觀是隔出來的，空曠曠的放著盆景和一張坐椅，所有的機關全在牆壁，鞋、傘、網球拍，都以看不見爲原則。」她又轉身：「出了玄關…這片牆要全打掉，廚房、客廳、餐廳成三角形分佈，這一大片空間，沒有整牆的高櫃，採用半截矮櫃和花架式的條抬…。」

金小姐帶著眾人又轉進一間，龐先生早擠到前面去了，翁家明和文芳落了後。家明向前一步，堵著她的路，兩眼深深的看進她的眼底：「妳認識我嗎？」

她看著他心中一陣迷惑，她記起了他在夢中像現在似的拉扯她了。

「妳從來沒有正眼看過我一眼。」家明說：「我已這麼愛妳了，我不應該是個陌生人。」

「爲了個陌生人…。」文芳迎著他的注視：「是的，我們彼此都很陌生。」

「我可以給妳有關我所有的資料，讓妳好認識我。」家明說：「但那都是過去的歷史了，今後我已是另外一個人了，一個爲妳而活的人。」

「你…好奇怪…」文芳由衷的說。

「高小姐…。」龐先生遠遠的叫著：「這裡好！妳在那裡…。」他的腳步沉重的響著：「高…。」

「龐先生…。」文芳迎了過去。

「我喜歡那間書房。」他一把拉著她：「太有情調了，小咖啡廳桌，呀！太美！太美！」

「你要聽我的意見是不？」文芳突然覺得一陣無比的興奮，介紹她的設計：「站在這裡向外看，是景觀最好的角落，可惜被牆擋住了，最新的建築方法，這裡應該是角窗，四角或六角，你想想…。」

「不用想。」龐先生說：「我的新大樓一定要最新的建築方法和結構，角窗是…」

「每扇窗子都很重要，都要考慮外面的景觀和室內的情調。」文芳說。

「我們在那裡簽字呢？」龐先生問翁家明：「你辦公廳還是我辦公廳？」

「隨便。」家明站在文芳身後：「要看高小姐願意去那裡。」

「拜託妳『願意』去我的公司，順便給我一些指點。」龐先生誠心邀請。

「其實那天你聽到我說有點意見的，不是這裡，是九樓陳先生的樓中樓。」文芳說。

「明明是平房爲什麼改成樓中樓，我禁止買主把房子改成樓中樓。」龐先生頷頭向外走：「就像這一棟，自然而美觀。」

「適用！」文芳提醒他。

「適用！」龐先生點頭：「我看過儲藏室和廚房了。」他停下腳步：「妳知道妳最大的長處在那裡嗎？」

「室內裝潢。」文芳笑著。

「空間的利用。」龐先生說：「我看得對不對？」

「你偏愛我的設計。」文芳說。

「而且我盼望妳成功，那麼我們都有美麗的住宅了。」龐先生非常認眞：「妳一定會成功的是不？」

「我們應該去你的黃金地了。」家明看著手錶。

「先去我公司。」

龐先生向金小姐道別，急急忙忙的往公司裡趕，照顧文芳的工作就自然的落在家明的身上，文芳推拒了他的攙扶。

「謝謝你，我自己會小心。」

「是嗎？」家明緊握著她的手：「車禍受傷，剛才又差一點絆倒！」

「那都是意外。」文芳說：「不應該嚇得連路都不會走。」

龐先生按住電梯門等他們，看他們手牽著手過來，頗感意外。一路上談話內容中總在探測他們相識的過程。到了他的公司，三個人很快的簽了約，文芳成了翁家明大成建築的顧問。龐先生把他們的手拉在一起。

「但願我促成的這件生意，對我們大家都有好處。現在，我們選家餐廳，慶祝一下我們合作成功。」

「改天好不？」文芳說：「我公司還有很多事，我一早就出來了。」

「找一個比較清閒的晚上…。」家明說。

「或者到我家去，」龐先生大笑：「我這公司除非重新改裝、指點一下是好不了的，我家…。」

「龐先生，」文芳笑著：「牆上掛幅畫，多放兩盆綠色植物會改善很多。」

「龐兄，別老撿便宜，以後我要替高小姐訂『指點』費了。」家明說。

「應該，應該！」

從龐先生公司出來，文芳就要和翁家明分手說再見，翁家明拉著她的手臂說：

「妳如果要證明我是單方面的自作多情，妳對我應該像對龐先生甚至程其新一樣的自然。我們有業務往來，妳又幫我作成了件生意，很重要的生意。應該讓我有個感謝妳的機會。」

「你已付了我很大的一筆顧問費。」文芳努力說著：「我已得到我應得的報酬了。」

「這並不妨礙我們去吃個生意午餐。」家明走在她身邊：「當然這只是個把妳留住的藉口。」

她停下了腳步，低著頭按捺著自己心頭的慌亂，要脫身並不困難，只是他多像夢中站在人群裡的夢中人呢！他在夢中讓她心動，現在她擺脫不了他的糾纏。

他握著她的手，走向街邊一個小餐廳：「不要徒然掙扎，我試過，走到天涯海角，妳的影子永遠在我心頭。奇怪的是我有個感覺，這份感情不只是我一個人的，是我們共同的。」

整個中飯時間都是他一人在講話，使她百感交集，情不自禁，像個小女孩在傾聽著情人的夢囈，她有夢中的感受，也覺得這一切的一切又是一場清晰的夢境。

7

她坐在一艘小舟上，心情和湖面一樣寧靜，她懶懶的斜靠著，興不起什麼感覺，想不起過去和未來。對面的人把槳放在船上，一任小船停駐在湖心。她沒有看他，但她知道他是翁家明，他跟她說過願意帶她到天涯海角，她有點想笑：這葉小舟能到得了那裡？突然間她看到另一艘小船向她急馳而來，她正欣賞小船的快速，小船已到她眼前，划過了她的船身，把她的船身一破為二，眼看著翁家明和那半截船身被漩渦吞食了！

「翁家明…翁…」她吶喊著：「家…明…。」

她的叫聲驚動了湖內和岸上的怪獸，它們張著巨齒向她逼近。

「翁…」她覺得水已浸濕了她，船已不見了。

「救…命…。」

「文芳！」有人拉住她：「文芳！」

「嗚…」她嗯噎著哭泣了：「家明…救我…嗚…」

「家明…」吳太太把冷汗淋漓的文芳抱在懷裡：「文芳…誰是家明呀！」

「他…。」她突然醒來了，她看到臥室的一角，她緊抱著吳伯母不放，她更傷心了，那裡有翁家明呢？

吳伯母把她放回床上睡好，輕輕的拂整著她披散在臉上的頭髮：「那個人叫什麼家明是不是？」

「那個人…。」

「晚上王伯母打電話來，說看到妳和一個男的吃飯。我回她那是平常事，妳是職業婦女總有些業務生意上的往來，和男性吃飯的機會多得很。」吳伯母看著她：「她硬說情形不同，很有感情的樣子。那一定就是妳夢中叫的家明了。」

文芳披起晨褸下了床，挽著吳伯母的手一起坐到餐廳裡，窗外已有車輛行馳的聲音，黎明正一點點的放著光。她倒了兩杯冰水和吳伯母在餐桌前坐下。

「我不知道該怎麼說。」文芳看著冰水。

「我們是該好好談談啦。」吳伯母說：「妳知道…」

文芳搖頭苦惱著：「妳不會同意的。」

「妳怎麼還沒有體會到我的心理，在我心目中妳已不只是天俊的未婚妻了，妳差不多已是我的女兒了。我看妳一個人單來獨往，心裡眞不舒服，像妳這個年齡應該有丈夫有孩子。我的女兒…。」

「只有愛情行不行？」

「噯！」吳伯母笑了：「妳不是一再說要嫁個妳愛的人嗎？我不會鼓勵妳只要個家庭形式的，重點還是在乎妳愛不愛人家。妳看，妳不喜歡我介紹的謝錦龍，我也沒勉强妳，不是嗎？」

「可是，這個人已有了家庭了。」文芳難堪的說。

「有了家庭？」吳伯母做夢也沒想到：「他結了婚？他離了婚？」

「他沒有離婚。」文芳憂鬱的說：「只要我能接受他，他會離婚。」

「文芳！」吳伯母叫了起來：「妳接受了他嗎？妳千萬不能破壞別人家庭！這是什麼時候的事？妳怎麼一點也沒向我透露！」

「妳別生氣呀！」文芳嚇著了：「我沒理他，我憑什麼要他離婚？離不離婚是他夫婦之間事，我不會去破壞的。」

吳伯母喝了口冰水，定了定心，又懷疑的打量著文芳：「妳怎麼會在夢中叫他的名字呢？」

「我…。」文芳更加困惑：「我不知道！」

「唉！」吳伯母深深嘆息：「文芳，妳已愛上人家了！」

「不！」文芳不知從何說起：「不是這回事，我一直夢到他…從…我認識他沒多久！」

「沒多久？」吳伯母也不敢相信：「妳對他一見鍾情？」

「沒有…。」文芳仔細的回想：「我只是覺得他對我有好感。」

「那他的條件一定比…程其新、謝錦龍好。」

「條件？匆匆見了一面，怎麼可能知道他有些什麼條件。」

「長得很好。」

「不能拿天俊比。」

「妳見了個對妳有好感的人，就做夢夢到他？」

「妳說奇怪不？我自己都不敢相信。」

「是很奇怪！」吳伯母就著燈光和晨曦看著她：「妳從頭說得清楚點！」

「記得妳說我心煩意亂嗎？」

「對！也是我把妳從夢…中叫醒的。」

「那是第二次，第一次是妳回來的頭一天夜裡，我不過和他談了次生意，他突然打個電話來說要考慮他今後對我的態度。我就夢到他了。」

「今天是第二次夢到…那個人？」

「差不多每天都夢見他，有時清清楚楚的記得，有時比較模糊，就是模糊我也知道就是他，只是夢中情節記不太眞。」

「把妳記得的幾個告訴我！」吳伯母很吃驚。

文芳不用回想，就能說得清清楚楚：「第一次我夢見被壞人追趕，我很怕，叫他，他果然從一個門裡跑出來了，我很放心的奔向他。」文芳一個個的描述著，聽得吳伯母毛骨悚然，解釋不出個原因來，她有個想法但不願告訴文芳，一種强烈的思念形成了一種感應，才有了夢境。

「我累了！」吳伯母顫顫的站了起來：「讓我想一想我們再談。妳最好去睡個回籠覺，還有一天的工作要忙呢，去睡一下吧！」

文芳看了看壁鐘，六點半了，還能睡得著嗎？

「去睡呀！」吳伯母站在自己房門口催著她。

「八點半叫我起來。」文芳說。

回到臥房拉緊了窗簾，情緻纏綿的回到床上，無限甜蜜的想著：「吳伯母已同情我們了！」她又興奮又害羞，那來的我們呢？到現在爲止，她只和他單獨吃了次飯，飯後她堅持自己開車回家，翁家明雖然表白了很多情感，她可一句也沒搭腔，她永遠忘不了他已婚的事實。

恍惚間，翁家明拿了件衣服披在她身上。

她睜開眼知道那只是她瞌眼迷離的一瞬間。怎麼會呢？她嘆息著翻了個身，再也拂不去心頭的影子。她強耐著性子躺了一會，終於躺不住的翻身坐了起來。套上拖鞋走到客廳。

「吳伯母⋯⋯。」

「怎麼不再睡一下？」吳伯母看出她臉上的千言萬語：「又有了夢了？」

文芳點頭。

「又是他？」

「替我披了件衣服。」

「日有所思！」吳伯母搖手阻止著文芳：「第一次夢到他也許是偶然，妳想不通爲什麼有番夢境，越想不通夢越多。就是這麼回事，妳躲著他一段時候，自然就沒事了。」

「我也這樣想。」文芳答得辛苦，捨不得丟開那戀愛感覺。

「那個程其新…。」吳伯母努力救她：「妳該試著愛上他。」

「我試過？」文芳感到疲倦：「我們認識好久了。」

「謝錦龍…。」

「人家只禮貌的來了一個電話，」文芳笑了：「現在女朋友多得大概已分身乏術了。」

「就沒有其他的人了嗎？」吳伯母要替翁家明找出個對手來。

「很多，也很普通，試著對我表示好感，看看沒有希望就知難而退了。」

「文芳，」吳太太說：「感情寂寞了這些年，我怕那個叫家明的會乘虛而入，結果又是一段情感上的浪費。」

「乘虛？」

「當然妳對他有份好感，沒有好感是進不了妳的心，動不了妳的情，更不會有夢。」

吳太太嘆氣：「唉！我真替妳擔心！」

「這樣吧！」文芳向前傾身：「我們還是不談感情，我來努力工作，把心思全放在工作上，妳不知道啊！我現在好忙啊！」

「那好，那好，」吳太太趕緊打氣：「說來聽聽。」

「有人請我⋯。」文芳突然剎住了車，工作上不更和家明有關嗎？「哎呀，」她故意的瞞著吳伯母，不忍讓她多操心：「我得趕緊準備上班了，真有很多事等著我哩！」

「我幫妳準備早飯。」吳太太跟著起勁，只要能使文芳的注意力轉移，她就謝天謝地了，這麼善良可愛的女孩，那忍心看著她又一次受到打擊！

文芳急急忙忙的化妝著。梳好頭髮就不再多對鏡子看一眼。拿著皮包到了餐廳，早飯已在等著她了。

「我喝杯咖啡提提精神。」文芳說。

「早點回來休息，中午能抽空閉閉眼也會好很多。」吳太太把雞蛋土司送到她手上：「今天一定要把它吃了。」

「沒胃口呀！」文芳皺眉：「沒睡好那來胃口。」

「中午回來吃飯。」

「我儘量。」文芳放下咖啡杯，拿起了皮包。

「我替妳燉個雞湯。」吳太太說：「晚飯一定要回來，不再談感情，正正常常的過日子。」

「好，下了班就回家，那裡也不去。」

出了家門，她振奮著的情緒寂靜了下來，心裡莫名的湧上一陣悲哀，她趕快低著頭強忍住逼進眼睫的淚水，竟一頭走進了一個人的懷抱，她抬頭一看，眼淚竟不爭氣的流了下來。

「你⋯。」她推開翁家明的扶持。

「我找到妳的車子，在這裡等著看妳一眼。」翁家明側頭注視著她：「妳哭了！」

「你…。」她打定了主意：「來得正好，」她把眼淚忍住，已流下的讓它自己乾去：「我正要找你，你的工程…。」

「慢慢說…慢慢說。」他阻止了她：「我送妳去公司，工程上的事，公司去談。」

「不，」她硬起心腸：「不只是工程上的事，有關你的事要一切停止了，我生活得好好的，不要人來打攪。」

家明措手不及，她一直躲躲閃閃，想不到一開口就把話講絕了！他被她推開，眼看著她坐進她自己的車子，開入上班的車陣中。

文芳在照後鏡中看得到他怔怔的站著不能動彈，心中一陣暢快又一陣悲哀，不禁又流下淚來，翁家明的出現只說明了一件事，她今後談感情的空間越來越窄，年貌相當的人都已有了妻子兒女了，她那有什麼機會。

停了車，拿出小粉盒來補了點妝，並打起精神去上班，天俊過世後她萬分艱難的從痛苦中站了起來，原已認清了她今後的生活形態，她是不可能改變了。一上午工作很順利，龐先生來了個電話，她的話已到了口邊，總是說不出來，怎麼告訴他她要推掉那個顧問呢？她可以不接受家明的感情，她不能傷害他。

中午和其新出去吃飯，他一直追問謝錦龍的事，把她的心神恍惚全怪到謝錦龍頭上去了。

「妳真沒有眼界，那個人可以想見的配不上妳，也不能跟我比，妳還眞認眞的考慮他？」

「我沒有。」

「那…妳這樣悶悶不樂是爲了什麼呢？」

「誰能像你似的…天生樂觀。」

「我也有心事，但我能化解。」其新說：「比方說，我們不能成爲戀人，我不反對做個好朋友。我能見到妳，和妳相處，我一樣快樂。」

「眞的，我還眞得跟你學。」

「妳也夠開朗。」

其新只點到爲止，文芳完全能領略他話中的含義，天俊的去世，並沒使她一蹶不振，她一樣能在另一種生活形態中找到平靜與快樂。回辦公廳後，她更有自信的把自己完全投入工作中去，很高興把翁家明已置之度外了，直到她接到他的電話。

「我在醫院裡。」他聲音變了。

「在醫院裡！」她一陣心神恍惚，出現在她腦海的是被汽車撞倒的天俊。

「醫生說大量吐血…可能有危險！我本來不想再打攪妳，可是…我不甘心，我要見妳一面，死了也要再見妳一面。」

「你怎麼了？」她哭泣著，不知今夕是何夕。電話那頭是天俊還是家明。

「我有胃潰瘍，開過刀不該再犯的，今天中午又犯了。」他又迫切的問：「妳來見見我好不？」

「我…」她恨不得馬上飛了過去：「你在那家醫院？」

她真的把車子開得跟飛一樣，用半跑的快步穿過醫院大廳，出了電梯後，走廊上一群人和她擦肩而過。

「…對不起你們，家明需要休息。」

「做太太該留下來陪他。」

「他不喜歡人陪…上次…。」

談話聲被電梯關住了，文芳沒有看出那一個是他太太。她的腳步略一遲疑，還是走向了病房。

她輕輕的推開了門，她看到家明蒼白的臉色和企盼的眼神，看到了她似乎鬆了口氣，向她伸出了手。

她握住他的手，看進他眼底說：「不是我讓你犯病的吧？」

「中午回到家裡，飯吃了一半，心口一陣絞痛，一口血就噴了出來。」家明輕輕地說：「醫生關照過，不能生氣，不能焦急，不能焦慮。我一直不相信也一直沒犯病，今天…我好難過！」

「我沒有辦法，」她求他原諒：「剛才在走廊上，好像碰到你太太了！我差點回頭…走了！」

他摔開她的手，伏在床邊一口血鮮紅的吐在地上。

「家明！」她嚇昏了神智。不顧一切的把他抱在懷裡，一任他的鮮血染上她的衣服。

「不要…。」家明昏了過去。

「醫生！」

她聽見自己大聲叫著，叫不回天俊了！只要能叫回天俊，她什麼代價都付！

8

文芳用鑰匙開門，聽到門裡吳伯母在大聲講電話，急得不得了！

「…就是呀，急死人啦…你等等！有人開門進來…」吳太太看到文芳了，立刻聲音改變：「回來了！回來了！我的天…文芳，快過來跟妳媽媽講話。」

文芳趕快接過電話聽筒：「媽…。」

「妳到那裡去啦？害你吳伯母到處找妳，都快急出心臟病來啦！妳以往不是這樣沒頭沒…。」

「媽！我有個朋友生了急病，我去醫院看他。」

「哎呀！」吳伯母叫著：「妳怎麼一身的血呀！」

「文芳，」媽媽聽見了：「妳沒事吧，一身血是什麼回事？」

「胃出血，吐了我一身，媽，我沒事。」

「沒事就好。」媽媽叮囑著：「住在吳伯母那裡，別讓她著急。」

「好的，媽。」

「我跟吳太太說話。」

文芳趁著她們聊天的時候，回房把衣服換了，白色的洋裝上，真是血斑處處，尤其身後那一片更是怵目驚心。她正拿著衣服發怔，吳伯母一手接了過去。

「什麼人病得這麼重？」

「翁家明。」文芳脫力似的坐在床上。

「就是那個…。」

文芳點頭：「我都忘了打電話給妳。」

「我燉了…妳吃了飯沒有？」

「沒有。」

「唉！這是什麼回事啊！」吳太太走了出去。

文芳洗了個澡，又覺得躺在病床上的是天俊，自己有以身替的澎湃情感。從浴室出來，吳伯母坐在她床頭，拿著天俊的照片掉眼淚。

「伯母。」文芳心痛著。

吳伯母趕緊放下照片：「來，吃飯了。」

「妳…也沒吃呀！」

「等妳嘛！越等越心焦，那裡吃得下。」

在餐桌上，文芳把所有的事和心裡對翁家明的感覺向吳伯母又做了番傾吐。

「愛情對我總是殘忍的，不知道要考驗我些什麼？」文芳勉強自己喝著湯：「連想認輸都不行。」

「妳跟我到美國去吧。」吳太太不知如何勸她。

文芳凝著眼，認眞的考慮：「也只有一走了之。」

「要處理得當，」吳太太說「既然他是這麼個病，就儘量不要刺激他，慢慢脫身，把事情淡化。」

這似乎就是唯一的退路，推掉愛情的同時，她將失去了工作，遠離了親情。

第二天她在辦公室裡失魂落魄，留戀著眼前的工作，又時時想到翁家明的痛榻前去安慰他的病情。她又時時強捺住奔向醫院的衝動，她要避開他的太太，她不願傷害另一個女人，她也不願自己受到傷害，她不知道如何傳遞她的關懷，只有在辦公室裡不停的徘徊。

「高小姐！」秋虹推開了她的門：「妳怎麼沒聽電話？」

「電話？」她茫然。

秋虹大步走到電話旁，拿起了聽筒：「對不起龐先生，高小姐剛好有點事，讓你久等，她現在跟你講話。」

文芳接過聽筒：「喂。」

「高小姐。」龐先生語氣緊張：「翁家明病重妳知道吧！」

「病重？」

「大口大口的吐血！眞讓人擔心！」

「眞的！」

「做生意的人，身體就是本錢，我打聽得好好的，他一切狀況良好，這一病下來，就影響了我們的工作了。」龐先生又說：「我們一起去看看他吧！」

「我現在還有點事。」她支著自己的頭，她已拿不穩她的進退應對是否得當。

「下了班我來接妳。」龐先生說。

她放下電話，按對講機：「找黃小姐！」

「高小姐！」秋虹就在她身旁，拿下她手中的對講機，詢問似的看著她：「什麼事？」

「妳沒有出去？」

「沒有。」秋虹說：「妳心情很壞啊！」

「我都快崩潰了！」文芳這才知道自己在說些什麼。

「是龐先生的事嗎？」秋虹試探著，看自己能知道多少。

「不是…。」文芳不能說出自己的心事：「你替我找程其新先生。」

秋虹立刻撥了電話，接電話的就是程其新。

「其新，翁家明病了。」

「病了？」其新訝異著：「好好的得了什麼病？」

「胃潰瘍…我們下了班一起去看看他。」

「糟糕，晚上我有個約會，明天上午一起去。」

「上午？我有事，你的約會不能改嗎？」文芳急躁著。

「我來試試。」其新說：「一會再打電話給妳。」

秋虹站在旁邊滿臉狐疑的看著她，覺得文芳的神態措詞都很特別。在臨出去前特別提醒她一下：

「妳明後天上午都沒有約，下午都有。」

一整天文芳都儘量的調適著自己，她找出好多理由來證明對家明實在談不上什麼，可是很多事實證明他對她眞動了感情。尤其現在，他臥病在醫院裡，而起因就是爲了她的絕情，有什麼情好絕呢？

龐先生按時來接她，程其新已等著，照文芳的意思吃了飯再去，龐先生反對。

「我一到就走。」龐先生說：「生病的人怕人打擾。」

病房裡的人不少，翁太太招呼著，對他們三個人，她一個也不認識。

「謝謝你們，請坐一下。」翁太太儀態大方的招呼著。

其新摟著文芳的肩胛走近病床，翁家明臉色好多了，神情怔怔的。

「什麼病呀！」龐先生問：「看起來很好嘛！」

「舊病復發，已控制住了。」翁太太說：「醫生說情況不很嚴重。」

「快點好起來呀，我們要展開工作了。」龐先生看著人多，實在站不住：「我們走了。早日康復。」

程其新握了握家明的手：「好好保養。」

三個人才走到門口，翁家明叫著：「其新！」

其新和文芳回頭看著他，他對他們說：「有空打電話來。」

「會的。」其新舉了舉手：「你很快就出院了。」

出了醫院，文芳主動的推掉了晚飯，龐先生倒也不堅持，把文芳和其新一起在吳太太家附近放下。

「對不起，不陪你了。」文芳向其新說。

「妳也不舒服。臉色很差，早點休息吧！」其新把她送到電梯口：「代我問候吳伯母。」

她才開門進到屋裡，吳伯母就迎了過來：「翁家明打了兩個電話給妳，要妳回電話。」

她急忙著把電話接通了。

「我：我是高文芳。」

「現在病房裡沒有人了。」家明說：「妳肯過來看我嗎？」

「好。」

「那！」他聲音裡充滿了狂喜：「妳先吃飯，我等妳。」

「好。」

「我等妳！」

文芳慢慢放下電話，感覺到吳伯母的眼光像網一樣把她緊緊圍住。

「吃點東西再出去。」吳伯母拉著她的手在桌邊坐下：「去去就回來。」

「妳不問我去那裡？」

「去看翁家明。」吳太太說：「我耳朵很好，你們的對答我聽得見。」

「妳不阻止？」

「妳媽媽會不會阻止？」

「妳⋯。」

「我想了半天，文芳，我要把妳交給妳的父母了，妳如有個三長兩短，我要向妳父母負責。」

「妳對我沒有責任。」

「有，我私心裡很高興妳能對一個男人動心，可不是個結了婚的男人。」

「我不會嫁給他的，我這輩子不會嫁人了。這兩天我已徹底想過了，他不會耽誤我的終身大事。」

「他會傷害你，我不忍心看到妳被傷害。一個有婚姻人的麻煩，妳現在是想不到的。」吳伯母說：「我先到美國去等妳。」

「我⋯不出去，」文芳急了：「我不去看他。」

「今晚不去，」吳伯母點頭：「明天呢？」

「今晚不去了，明天就更不會去了。」

「爲了我？」

「爲了很多人！」

有了這番溝通，兩人之間的空氣恢復了以往的融洽，正在收拾飯碗的時候，電話鈴又響了。

「妳的電話。」吳伯母說。

文芳明知不能接這通電話，又怕他受不了刺激：「喂！」

「我看看妳出來了沒有？」

「你還好吧？」她顧左右而言他。

「妳怎麼還不來？」

「你早點休息吧！」

「我就怕妳不會來。」他說：「我是不值得妳關心的！晚安。」

他聲音中的絕望，使她不能自己，她痛苦的向吳太太說：「我去看看他又能代表什麼？」

「唉！」吳太太嘆息著回房了。

文芳洗了碗，坐在客廳舉棋不定。突然電話鈴響了起來。她很快的拿起聽筒。

「喂！」

「我可以來看妳嗎？」是家明。

「怎麼可以！」

「我已經辦好請假外出證了，駐院醫生諒解我的處境，我的病是一時的焦急，把我關著不能料理我的事情只有更著急。他答應我出去兩個鐘頭。」

「你不要，…我來。」她放下電話，絕不再考慮，沒有吳太太在一旁盯著，她很快的出了門，她開著車快速的加入了台北夜的繁華，她不再羨慕別人的歡欣，她也有屬於她的溫暖。

停好車她以半跑的小快步奔向醫院大樓。突然她站住了，那在門口站立的顯然是翁家明，穿著整齊的西裝，流露出迫切的期盼。他一偏頭看到了她，毫不猶豫的向她衝跑過來。拉住她的手，不可置信的注視著她。

「妳來了。」

「你應該在病床上。」她看著他的消瘦。

「我應該去找妳。」他伸手攔下部空計程車來：「在我們的交往中，我要注意我是個永遠採取行動的動情者，而且對我的行爲負責。」

他告訴計程車一個地名，他們手握手的到了個精美的咖啡館，穿過了眾目睽睽，他要了個只屬於兩人的位置，在靠窗的沙發上坐下，泡了兩杯茶。

他把茶杯送到她手上，舉起他自己的杯子來和她碰了碰：「記住今晚。」

「我希望只有今晚。」她意味深長的說。

「可能嗎？」他把她的手握在兩手之間。

「兩個彼比欣賞的人，不一定要常常見面啊！」

「我沒有你高貴，我以爲觸摸不到的感情是不存在的。人不能長期的只愛一個感覺，應該有實質來維繫。」他深深的注視著她：「我不會失去妳，沒有妳，我沒有這份強烈的戀愛感覺。」

「戀愛感覺？」她在問自己。

「我第一眼看到妳，從升降梯上下來，就好像從半空中直掉進了我心裡。龐先生要找妳，我很努力，再見到妳的時候，我故意漠視我的感覺，當天分手後，我突然一個人在汽車裡笑了。我很興奮，也很六神無主，我恨不得每分鐘都跟妳在一起，沒有妳的地方變得枯燥無味而不能忍受。我必須專心才能聽見妻子孩子的話。短短的接觸就讓我迷失了。奇怪的是我發現妳在躲我，我知道我的形跡已感應到妳，妳能完全瞭解我的心思。這比我一個人的癡迷更危險，危險到我的家庭。我立刻使自己清醒，我帶著太太去旅行。」他想了想又說：「那眞是一個痛苦的歷程，每離開台北一步，我的心就一陣澈痛，香港變成了令人煩躁的地獄，我恨不能馬上再飛回來，在靠近妳的地方得到份心安。」

她傻了，不知該不該告訴他，那些個有他出現的夢，難道是他强烈的思念所引發的？

「我知道妳出車禍，我痛苦著不能安慰妳，不能保護妳！在今後的日子裡，如果還任憑妳單獨一個人，我不能忍受，如果讓妳嫁給別人，我更不能忍受，妳只能屬於我，我只有離婚！」

「不…。」她流下眼淚，她心中洶湧的情感使她悲痛，就是這一刻，她相信她是愛他太太的，一種大量同情而形成的愛。

「不要哭！」他捧著她的臉吻乾她的淚跡，「在今後的日子裡，妳只有歡樂，只有溫馨，只有幸福！」他深深的吻她：「我保證！」

9

客廳裡燈光黝暗，文芳躡著腳步穿過客廳到吳伯母房門邊向裡面聽了聽動靜，輕輕的吁了口氣，回到自己的臥房，門才打開，她輕輕的叫了起來，吳伯母坐在她床頭沙發上睡著了。

她心情激動的走過去，蹲在沙發旁，看著吳伯母灰白的頭髮低垂在胸前，雙手鬆弛著，地上掉著天俊的照片，她羞愧自己的所行所為，讓深愛她的人受這麼重的煎熬，她慢慢的扶正著吳伯母的睡姿。

「伯母！」她擁抱著吳太太的肩胛，把天俊的照片放回她懷裡。

吳太太醒了過來：「妳回來了。」她憂抑的看著文芳。

「妳給我點時間讓我考慮一下。」文芳心酸著：「我跟妳去美國。」

吳太太搖頭：「我留著陪妳。」她放回照片，嘆著氣說：「我和天俊商議了很久，我不能一走了之，我要替天俊保護妳。」

「真的！」她緊抱著吳伯母，頭依偎在她頸旁：「有了妳，我什麼都不怕了。」

「傻孩子，妳會很慘啊！」吳伯母撫著她的頭髮：「我不忍見妳走投無路，連個哭訴的對象都沒有。」

「可是…。」文芳振奮著，坐上床沿：「在我以為這是我生命中的贈品，對個附加的贈品我不會要求太高，也就不會跌得太重！」

「好吧！」吳伯母無可奈何：「告訴我妳今後所秉持的態度和妳自己的地位吧！」

「我絕對不要他傷害他的家庭，我不會和一個沒責任感的人交往。我要他做到他太太永遠不知道有我這麼個人存在。」文芳推心置腹：「我只是個欣賞他的朋友。」

「他贊成？」

「我還沒和他商議過。」

「妳想他怎麼說吧！」

「那麼妳呢？」文芳明知還是自己的一廂情願，她關心著吳伯母！「妳贊不贊成呢？」

「只要與他有關的事，我都不贊成。」吳伯母說：「我支持的是妳，不論妳怎麼做，我都是支持妳的。」

「妳好委屈。」

「記住，委屈的是妳。」吳伯母站起身來：「我承擔的太有限了。」

她一夜輾轉，盤旋腦際的都是些感人肺腑的愛情故事，溫莎公爵對他的夫人一見鍾情，為她犧牲王位，一輩子只為她一人而活，那份摯著與眞誠終於贏得世人的讚嘆，忘懷了他當初的離經叛道。而翁家明呢？她相信他對自己的眞誠，她無法抵擋那份眞誠！

翁家明不再是她情緒上的困擾，她已有個平靜的心情去對付正常的生活。離開吳伯母的身畔，她駕著車投身在台北的街頭，滿心膨脹著無比的幸福，一個青春年華的女子，有事業有愛情還要求些什麼呢？

她走進辦公大樓的電梯，竟覺得翁家明已等在她辦公廳裡，但她辦公室的空寂，竟使她有點失望。幸而秋虹跟在她身旁說：

「剛才翁家明先生打電話給妳。」

「啊！」

「小金的施工圖已畫好了，妳簽了字就發包開工。」秋虹說：「圖在妳桌子上。」

「要不要我替妳接翁先生的電話？」秋虹問。

「他在醫院！」

「我知道。」秋虹接通了電話：「翁先生嗎？這裡是高文芳小姐辦公室，請你等一下！」

她把電話交給了文芳。

「喂！」文芳示意秋虹先出去。

「妳早。」翁家明聲音愉快：「到辦公廳了。」

「我正在看你新家的施工圖。」文芳翻著厚厚的圖：「看到玄關了。」

「啊！」他頓了頓說：「我今天要出院了，我隨時和妳通電話。」

「好。」文芳說：「醫生答應你出院。」

「醫生剛剛才走。」家明笑著：「其實眞正的醫生是妳。」

「我來替你慶祝，找其新和龐老闆聚聚。」

「拜託，」他認眞的說：「不要找那些人來分佔我們的時間，昨天送妳回家，突然覺得我很怕妳的吳伯母，今天早上想到妳會在辦公室，連妳同事我都羨慕。」

他的話似乎說中了她的心態，她只能說：「隨時通電話。」

「妳很忙嗎？」他不想掛斷。

「小金施工圖很好，今天可以動工了。」

「別忙，讓我再想想。」家明說。

「不想給我做了」文芳笑著。

「我懷疑我會不會搬進去住，可不可能搬進去住？」

「不用懷疑！」文芳：「我決定按圖施工了。」

「見面再談！」家明掛斷了電話。

文芳看著施工圖，好像已看到裝潢完成的情況，這個花了自己心血所裝潢的房子，的確是個舒適方便的家，廚房裡有寬大的流理台，臥房裡有數不清的大小抽屜，她突然放下了施工圖，心情覺得一陣煩躁。拿起另外一個案件，沖淡一下現有的心情。

對講機把她從另一個「家」裡召了出來。

「程先生電話。」

她拿起話筒：「其新。」

「中午一起吃飯。」

「我…。」她不想走開，怕翁家明找不到她。

「有事嗎？安排一下。」其新說：「我過一會再打來。」

她立刻興奮的撥了家明的電話，告訴他自己的去向：「喂！」

「那一位？」接電話的是位女性。

「我是…高文芳。」她覺得一陣頭皮發緊。

「啊，」對方愉快的笑了：「高小姐，我是翁太太，翁家明在洗手間。妳是不是問他有關我們新家的事呀。我們已經決定了，就按妳的設計開工好了。」

「那…。」文芳慌亂得不知說什麼。

「家明說價錢都談妥了是不…？」翁太太說：「妳等一下，他來了。」

「喂！」家明的聲音生硬著。

「新房子可以開工了？」文芳強迫著自己不把電話掛斷。

「是的，我正打算出了院告訴妳。」

「我知道了，再見。」

「再見。」

她虛脫的癱在椅子上，不知道自己面臨的是什麼狀況，短短的一通電話，粉碎了她的美夢，製造了極大的難堪，使她覺得再也沒有勇氣去面對任何人了。

「程先生電話。」對講機又傳出話來。

她猛然坐直了身子，像抓根浮木似的拿起聽筒：「其新。」

「安排好了吧！我馬上來接妳。」

「安排…好。」

「有點耐心啊，路上塞車。」其新說：「一會見。」

在程其新來接她之前，她把金小姐叫進來，讓她作小小的修改，抽油煙機用個假門遮起來，放男主人內衣和襪子的抽屜做好格子，而不致亂成一團。

「翁太太有這麼仔細嗎？」金小姐笑了：「我要不要徵求她的意見。」

「對，妳問問她。」文芳說：「工程進度由妳監督，我隨時去工地看看。給我個進度表。」

「下午給妳。」

其新並沒有遲到，一見面他就同文芳道歉：

「另外一個愛慕者要參加我們的飯局。」

文芳立刻想到了家明：「什麼回事？」

「我那間房子眞有吸引力，我有個朋友像翁家明一樣喜歡得不得了，聽說我約妳吃飯，就搶著要做東。」

「有房子給我設計。」

「沒有，人家只是喜歡。」其新說：「想見見有這份巧思的人。」

「我不去可以嗎？」

「可以。」其新看著她：「等著，我去替妳買點吃的。」

「你不會怪我吧！」文芳說：「我今天心情不好。」

「心情不好？」其新關心著：「把那個人甩了，還是我們兩個人出去。」

「那是個什麼樣的人呢？」

「不重要，」其新撥電話：「我告訴他一聲…喂！是我其新呀！高小姐臨時有事出去了，車擠，我不趕過去了，下次我約了高小姐，我們再敲你！」

「就這麼簡單？」文芳說：「你對翁家明就沒這樣。」

「翁家明正人君子，這個人，他唯一使我高興的是他還算有點眼光。」

「翁先生對太太很好，想盡方法替她弄個好房子。」

「他一向是有名的顧家。」

「所以你對他另眼看待。」文芳拿起皮包向外走：「我記得你一向反對離婚的。」

「對，我反對離婚。」其新說：「所以我不輕易結婚。」

「如果翁家明那樣的人也離了婚，你一定會大吃一驚。」文芳走進公司旁的小店。

「我膽子不小，什麼事也嚇不倒我。」其新替她扶著椅子：「不過我對翁家明有信心，妳見過他太太的，風範、儀態、談吐，翁家明很懂得珍惜。」其新笑了：「翁家明連逢場作戲的興趣都沒有。」

「他的新房子今天發包動工了。」文芳一腦子全是翁家明。

「妳設計的。」其新說：「眞是錦上添花。他現在就缺位風華絕代的紅粉知己了。」

文芳不再接腔，低著頭切著魚排。

「心情爲什麼不好？」其新問。

「因爲沒有什麼値得好的。」文芳放下刀叉，喝了口咖啡：「低調！」

「放鬆一點，妳近來太忙了。」其新說：「妳該請個助手，不要每件工程都要親自出馬。」

「我在訓練小金。」

「設計裝潢靠天份的，訓練到什麼時候！」其新突然有了點子：「今天下午有事嗎？」

「有！」

「可以改期嗎？」

「可以。」

「那麼，不要強迫自己的情緒，我們到郊外去走走，心情自然就輕快了。」

文芳想了想，離開辦公廳，讓翁家明找不到吧！「我去打個電話。」

辦公廳裡沒有事，也沒人打電話給她。她關照秋虹一聲，飯後和其新到了陽明山公園。陽明山公園，遊人稀少，他們兩人坐在涓涓溪水旁，頭上是濃密的樹蔭遮著烈陽，偶爾一陣微風吹過，覺得格外的沁入心肺。

「怎麼樣？」其新問。

「眞好，忙裡偷閒，來享受這一山的寧靜。」文芳說：「如果能常常這樣，就眞不會心情不好了。」

「妳能告訴我，是什麼事困擾妳嗎？」其新關切的看著她：「我把妳拉開這麼遠，妳還是去不開。」

「沒事。」

「妳戀愛了？」其新心痛的問：「誰是那幸運者？」

「我會戀愛嗎？」文芳搖頭：「碰到天俊的事還會戀愛嗎？」

「會的，是誰呢？」其新想著：「我認識嗎？」

「我們下山吧！」文芳說：「四點以後就堵車了，我還得回公司去拿車。」

「我送妳回去，明天早上再去接妳上班。」其新說：「給我一點時間，我會等到妳的答覆的。」

「不要等了，我告訴你吧！」文芳深深的吸了口氣，把披散在臉頰的頭髮統統拂到腦後：「還沒有開始，就已結束了。」

「是誰？」其新大感意外，他只是番猜測，想不到竟是事實：「謝錦龍？」

「我只能告訴你這麼多。」文芳站起身來，向他伸著手：「我們回去吧！」

其新打了她手心一下，「那個該死的！妳還爲他心煩！」

在回家的路上，其新的情緒也陷入了最低潮。文芳感念他的關心，快到家門時向他說：

「吳伯母爲我做了好菜，一起吃晚飯吧！」

「對，我要跟妳好好談談。」其新停了車，才開腔說話。

「當著吳伯母的面呀！」文芳擔心。

「我現在很煩，我不向妳保證什麼！」其新按著門鈴。

「來了！」吳伯母叫著。

門一開，大家全怔住了，吳伯母身後站著的是翁家明。

「翁家明！」其新大感意外：「你來…。」他轉頭看向文芳，文芳的臉色向他招供了很多事，他輪流的看著吳伯母和翁家明，他終於明白了，他吃驚的喊著：「翁家明！」

「你們…別站在門口。」吳伯母顯然失去了主張。

「你出來！」其新一把抓住家明的領帶。

「其新！」文芳嚇壞了。

其新暴怒的看著她：「我們一下午猜測的就是他嗎？是嗎？」

「你鬆手，我們出去談。」家明摔開其新，向外走。

他才一出門，吳伯母一把把文芳拉了進去，已有鄰居在看熱鬧了。

程其新和翁家明乘著電梯到了樓下。家明向他說：

「到那裏去坐坐。」

「你可恨！」

「我知道！」

「我不能原諒你！」

「我知道！」

「答應我⋯。」

「我不能！」

其新揚手一拳捧了過去，家明抬手接住，其新咬著牙，掙脫了手回頭就走！

10

文芳裸露著身子在洗澡，有人在敲浴室的門，她打開門一看，翁家明笑容可掬的站在門口，她隱藏著自己向他說：「到客廳去等我。」

她看到翁家明在汽車中向她招手，開著車子進了客廳，她急叫著：

「哎呀！」

她摟著自己的身體從夢中醒了過來。她睜開的眼睛有點酸痛，黑黝黝的房間，靜悄悄的使她疑夢疑眞，痛苦掙扎了一個晚上，一剎那的夢境就把她的心智拉回到痛苦的深淵：她怎麼想也想不到翁家明在吳伯母家等她，當著吳伯母的面，其新：她是多麼的羞愧啊，拒絕了吳伯母的安慰，把自己鎖在房裡，只覺得無顏見人，一任吳伯母敲門叫她吃飯，叫她聽電話，她只自顧自的哭著，恨不能用自己的眼淚把自己淹死！

文芳不知道自己如何睡著的，只是夢醒後，她更傷心自己哭泣中所下的決心！

「我再也不理其新！」

「再也不理翁家明！」

「不理！不理！」

但是不理其新容易，不理家明困難，他會在睡夢中悄悄而至，笑嘻嘻的來看她，高高興興的開著車到客廳去等她。這樣的夢中相會，使她黯然神傷！她可以拒絕眞實的翁家明，無法阻止他在夢中出現！怎麼會有這些夢呢？是她內心深處的祈盼嗎？

一陣難忍的饑餓使她停止了思量，忍不住摸開了床頭燈，燈光的強烈刺射使她睜不開眼睛，她關了燈，在黝黑中像個幽靈似的走到房門口，摸著黑到了吳伯母房門口，房門大開著，床頭燈照著愁眉深鎖的吳伯母，她站在門口默默的流著淚，可憐的老人，她是以一副什麼心腸在對待這件事啊！她輕輕的離開了，到廚房中去吃了塊麵包，喝了兩口水，全身不再發抖而有了點力氣。她寫了張紙條放在客廳裡留給吳伯母。

「我吃了東西，去洗澡睡覺了，我相信明天早上我又有勇氣和顏面面對妳了。晚安」

她到浴室去卸妝洗澡，否則她眞不能再回到床上，她穿著睡衣回到臥房，燈光明亮的照著窗子，她趕快走進窗邊，去拉上窗簾，突然她一陣心神恍惚，覺得樓下大街口有人對著她揮手，她閃到窗子的牆邊，偷偷的向下看，寂靜的大街上是有一個人，她突然大吃一驚，是翁家明正著急的對著她的窗子，仰著頭揮舞著兩手。她走到窗口讓燈光把她明明白白的照射清楚，同時她也確認了那個焦急的人就是翁家明。

文芳覺得自己在換衣服，開了門，乘著電梯下了樓，當她出現在大門口的時候，翁家明已失望的伏在車上像是筋疲力竭了。她快步奔過去，撲到聞聲回轉身來的翁家明懷中。

「是你！是你！」

她覺得抱著她的手漸漸的失去了力量，他高大的身體變成股強大的重量向她依靠著。文芳心痛著，雙手捧著他的臉親吻著：「你怎麼了？怎麼了？」

「我…」他把她緊緊的抱在懷裡：「我急壞了！」

「醫生說你不能焦急的。」她的臉貼在他的頸脖，心疼的撫摸著他的髮根。

「可是妳關上房門不見任何人，也不聽電話，我只好站在這裡等，我猜想那黑漆的窗口就是妳的臥房，我目不轉睛的看著，祈禱妳的出現。」

他有點氣喘，鬆開了她的擁抱，向後靠在路邊的車上：「突然窗內射出了燈光，我更加急切的祈禱，果然，妳出現在窗口，我…。」他猛然咳嗽了起來。

她把他低垂的頭放在肩上，伸出手圍過他寬廣的背後，替他按摩著，剛才出院，這一天夠他受的…她突然驚叫了起來：「你吃過…晚飯沒有？」

「只要妳肯原諒我，別的事，我都受得了。」他扶著她的肩膀，挺起身來，兩眼在路燈下，興奮的閃出光采。

「我…。」文芳心頭閃過一絲怨懟，很快被憐憫充沛著：「我們去吃點東西好不？」

「妳也沒吃晚飯！」他關心著。

「妳把我的車開過來。」他高興極了。

「什麼？」她傻了。

他把她拉在懷裡，猛烈的親吻著她。這個可愛的小傻子那裡是那令他一眼鍾情高雅冷靜的白衣女郎。

他們纏綿親吻著到了家明汽車旁，家明打開車門讓她坐好，自己很快的坐上駕駛座，車子才一發動，他空出右手來握住她：「我要換個小車子。」

「爲什麼，這車子很漂亮嘛！」她環顧著紅色絲絨，珍惜的說。

「車子太大，妳離得我很遠。」

「你好瘋！」她自己也瘋了。

「不要這樣講話，我聽了刺心，妳在嫌棄我。」他把她的手放在胸前貼著：「我已好久不知道我的心在什麼地方了，認識妳以後，它變得非常的敏感起來，時時以酸甜苦辣提醒我注意它的存在。」

「不要嫌棄我！不要刺傷我！我的心已不再是我的了，是妳寄放在我身體裡折磨我的。」

「折磨我們兩個人。」文芳嘆著氣，縮回了手：「我們…。」

「你說的是什麼呀！」她很感動。

「我們吃台菜好不？」他變換著話題：「我想吃稀飯。」

「好。」她順著他，今晚已受夠了，眞不能再刺激他了，這是個很美的夜晚，就珍惜這片刻的歡欣吧！

他停下車來，不可置信的注視著她：「我愛妳，有時我還眞不知道妳有多麼可愛，我常常一點點一滴滴的分析著妳，回想著妳，我耽心妳美麗聰明之外是不是有個吸引人的個性。」

「我餓了。」她被他說得臉紅：「讚美的話不能塡飽肚子呀！」

他更湊近的看著她：「我知道了，妳是個才情美麗的飯桶！」

「啊…。」她拉長著聲音抗議著。

他就勢親吻了她一下：「愛情不能當飯吃，美麗的飯桶，下車吧！」

家明牽著她的手，走到『青葉』的櫃台。

「給我一個房間。」

「幾個人？」

「最小的。」

「這邊請。」女招待把他們引到個八人小房間：「等客人到齊了點菜。」

「客人到齊了。」家明接過她手中的菜單：「我們兩人有八個人的飯量，我們點八道菜。」

看著女招待錯怔的離開，文芳笑痛了肚子。

「你眞當我是飯桶了。」

他坐在她身旁，就著燈光逼視著她：「一點不化粧也這麼漂亮。」

「我已經飽了。」

「對不起，我讓妳倒胃口。」他高昂的情緒直線下降。

「漂亮眞有這麼重要嗎？」

「傾國傾城。」家明說：「我記得妳走過復興工地時的情形，一剎那間，那個亂糟糟的地方整個的生動了起來，就連當時的空氣，那吹動妳頭髮的風，都有了不同的感覺，我到那時才知道什麼叫一刻即永恆，給了我個不可磨滅的印象！」

「不可磨滅……。」

女招待端來稀飯和小魚丁香，家明打發走了女招待，自己動手招呼著文芳，仔細而恭謹，透著無限溫柔和體貼，把這兩個人八道菜的消夜吃得既難忘又感動。

在送文芳回家的車行中，家明出奇的沈默，只有緊握著她的手傳給她難捨的心意。他陪著她到了家門口，才依依不捨的向她說：「明天中午一起吃飯。」

「我在辦公廳。」

「我打電話給妳。」他替她開了門鎖。

「再見。」她進門之後又回頭。

「晚安。」

客廳裡一片寧靜，她留給吳伯母的紙條在原處沒有移動，她站在吳伯母的臥房門口向裡看，老人家睡得很熟，她沒有驚動她，躡著腳步回到自己臥房，略略漱洗了一下就躺上了床。幸福滿足的嘆了一聲，閉著眼靜等著和睡夢中的家明相見，只是她睡得很熟，她是被吳伯母敲門叫醒的。

「誰？」她在半醒的恍惚中間。

「文芳，電話。」

「喔！」她立刻清醒的知道是誰來了電話。

她拿起電話筒，看到吳伯母正走向廚房，忍不住一股喜悅之情：「喂…。」

「文芳，是我，問候妳早安。」是家明。

「你把我吵醒了。」

「小懶蟲，這已經是第二個電話啦。」家明的聲音裡都是笑：「吳伯母不捨得叫妳，要讓妳多睡一會，我就坐在這裡等那『一會』的到來，真怕她第二個電話也不叫妳。」

「她寵我呀！」

「我想妳。」

「中午見。」

「等下跟吳伯母怎麼說呢？」

「你跟她怎麼說的？」

「我什麼都沒有說，她也沒問。」

「她跟我比母女還親，我的事她沒有不知道的。」文芳說：「我要掛電話了，她捧著早點進來了。」

「我…。」他在努力思索著：「我有好多事要告訴妳。」

「見面談。」她掛了電話，笑著向吳伯母迎過去：「我來端。」

「妳昨夜沒睡好，我一大早替妳熬了點稀飯。」吳伯母說。

「我昨夜睡得很好，連夢都沒有了。」文芳匆匆往臥室走：「我去漱漱口。」

文芳再回餐廳，餐桌上已擺好了五六碟小菜，吳伯母正在盛稀飯。

「我昨晚出去吃過稀飯了。」

「我知道。」吳伯母把飯碗放在她面前：「我猜你們吃的是稀飯，可是我還是認爲妳早上吃稀飯比較好。」

「妳該厭煩我了吧！」

「我同情妳。」吳伯母說：「又碰上了場磨難。」

「妳覺得翁家明怎麼樣？」

「能讓妳動心的自有他動人之處。」吳伯母嘆息著：「他的優點正是妳的難處，失去他妳受不了。」

「他會…不理…我！」

「鈴…。」

「又是他的電話。」吳伯母坐著不動。

「喂！」文芳接了。

「文芳！」是其新：「我在妳辦公廳。」

「我就來了。」

「快點吧！不少事等著妳了。」其新說：「快點！」

文芳掛上電話，向吳伯母說：「是程其新。」

「他是個好孩子，好朋友。」

「他不會像妳。」文芳眞怕面對其新：「沒有那麼包容。」

「我一個人保護妳的力量不夠。」吳伯母嘆氣：「我今天早上一直在想，妳應該找你爸媽談一談！」

「不！不！」文芳放下飯碗，過來從背後抱住吳伯母：「告訴我爸媽減輕不了妳的負擔，我不能再拖累兩位老人家。」

「我怕他們會怪我。」吳伯母的臉靠著她的手背：「算了，就是現在告訴他們，他們也要怪我的。」

「但願你的付出有價值。」

「只要你快樂。」

「我…。」

「自從天俊去了之後，剛才我第一次看到妳由衷的笑容，不滲一點苦澀和勉强。」她拍文芳的手：「妳還年輕，應該活得快樂一點。」

「我的快樂建築在妳的痛苦上。」

「快把稀飯吃完，程其新在等著妳。」

文芳內心膽怯著，推開自己辦公廳時臉都紅了。

其新坐在她的辦公桌旁，見她來了，趕快站起來讓坐：「我沒有看妳的公事。」

「沒有什麼公事。」文芳坐在沙發上。

「有，翁家明新家的施工圖，金小姐向妳報告施工的情形和進度，妳今天下午會到翁家…。」

「好了！」文芳站了起來，走到辦公桌旁坐下：「你說夠了！」

「我還沒開始呢！」其新坐到她對面的客位上：「我昨夜想了一夜不知該怎麼辦？」

文芳點頭：「做我的好朋友，不要計較我多麼讓你失望難堪，我需要你的友誼，比任何時候都迫切。」

「我也這麼想。」其新說：「到底，友情比愛情更持久而經得起考驗，將來有一天，妳會失去家明，妳不會失去我！」

「那…。」文芳很難啓齒：「你也原諒翁家明了？」

「爲了妳。」其新說：「有很多場合需要我遮掩，我不能讓別人批評妳，以後你們的約會我都要參加。」

文芳想到昨夜的美好情景怎麼容得下他這個第三者。

「答應我！」其新逼著她。

「我答應！」

其新伸出了手，文芳趕快握住了。

11

翁家明走進文芳辦公室，看到其新坐在沙發上，怔在門口進退不得。其新站起身來拉了他一把，順手把門關好，指著沙發向他說：

「坐，我有話說。」又向文芳說：「請妳去把金小姐的事安排一下。」

「我就留在這裡。」文芳坐在她的椅上不動：「這裡是辦公廳，你們講話小聲一點。」

家明輪流的看了他們一眼，在沙發上坐下：「有話在餐廳裡找個房間講也是一樣。」

「翁家明，我只是告訴你一聲，在你還沒有解決了你家庭問題之前，我是文芳的保鑣，她到那裡，我就到那裡，別人會以為你是她的客戶，我是她的對象。我們這個社會說新不新，說舊不舊，文芳是做室內裝潢的，別讓些太太們擔心她裝潢好了房子是給她自己住的，佔了雀巢做了女主人！」

家明啞口無言，只能看著文芳的表示。

「其新的話有點道理，是不是？」

「好吧，」家明無奈：「去吃飯吧。」

文芳拿了兩張圖走出她的辦公室，她把圖交給小金，看著手錶說：「兩點半，妳在工地等我。」

秋虹向文芳說：「妳在那裡吃飯，告訴我一聲，要不把手機打開。」

文芳點了點頭走出公司大門，家明和其新已按著電梯等著她了。

三個人坐在車上不交談一言，文芳和其新也不問去什麼地方，文芳心中暗暗感謝其新，家明的車子由司機駕駛，如果其新不在旁邊，誰知道司機會怎麼想。

車子到了『福華』門口，三個人一下車，其新就向家明說：

「你大老闆一定要用司機嗎？你不會開車呀！」

「你怕什麼，我都不怕！」

「是的，我怕司機是你太太的情報員，我怕人言可畏！」其新說：「如果今天我不在場，會是個什麼局面？」

「你們再吵，我就走了。」文芳厭煩著。

「我們去吃日本料理。」家明扶著文芳。

「文芳！」其新警告著。

文芳掙脫了家明，領頭走向日本料理『海山廳』，家明要了個房間，不必提防外人耳目時，三個人才恢復了真正的親疏關係。

點了菜，在拉上紙門的房間裡，其新喝著酒問家明：

「什麼時候解決你的家庭問題？」

「其新，」文芳攔著：「我們吃頓安靜的飯好不好？」

「好。」其新喝了口酒。

家明替文芳倒茶佈菜，一如昨晚的溫柔情緻，完全不理會其新的存在，文芳舉著酒杯向其新說：

「敬你。」

「妳別喝酒，下午還要去翁家明新家的工地看裝潢。」其新說。

「到那裡？」家明問。

「你的新家…。」其新說：「忘啦！」

「不用裝了！」家明老羞成怒。

「已經開始了，材料…。」文芳說。

「花了多少錢，我付！」家明說：「不裝…。」

「算什麼呢？不是很多地方等著看她的成績嗎？」其新咄咄逼人。

家明眼睛都紅了：「你們讓我想一想。」

「不是你們。是我在問你！」其新一步不讓。

文芳站了起來：「我還有事，先走了。」

家明要往外追趕，其新一把拉住他：

「公眾場所，你沒有資格表演你的愛情。」他把家明按回椅上，自己追著文芳走了。

在『福華』側門外的馬路邊，文芳站在霏霏細雨裡等計程車，其新靠近她身旁：「要去那裡？」

「回家。」她神色暗然。

其新擁著她：「我們順著復興南路往下走，碰到雨傘買一把，碰到餐廳就進去。」他又笑了笑：「碰到計程車就坐！」

兩人走了一段路，淋了些小雨，在信義路口買了把傘，往對街的『朝代飯店』走。到了二樓才一坐定，其新兩手在餐桌上做了個屈膝姿勢：「向妳道歉！」

文芳定定的看著他，只覺得心情複雜，對他的舉動已產生不了相對的反應……

「就算是妳的父母，也不能用這種方式『愛護』妳，我應該檢討，以吳伯母做榜樣，在妳需要的時候，我們才出現在妳身邊。」

「你沒有錯。」

「有！」他嘆口氣：「我沒有讓妳愛上我，使妳的愛情落到翁家明身上去。」

「這才是件錯誤！」她放下手中的冰水：「應該檢討的是我。」

「先好好吃頓飯，飲食會使人心情開朗。」其新扶她起身，一起到自助餐檯前拿菜。

可是文芳的心一直不在餐廳裡，情緒激盪而緊張，飯吃得很勉强，常常答不上其新的談話。其新只好不再開口，兩人默默對坐著，其新終於看了看手錶，付了帳，向文芳說：「上班了！」

文芳扶著他的手背：「你也該上班了。」

「我相信我的合夥人，妳不用替我擔心，我們一起看翁家明的房子。」其新說：「不論他將來怎麼處置他這個房子，它是妳的作品、妳的精神、妳的心思、妳的才華。」

儘管其新如何支持她、鼓勵她，文芳不安的情緒只有越來越不能控制，見不到家明的慌亂，無顏面對家明太太的羞愧，她幾乎要取消這趟工地的勘察工作，可是翁太太在等著她。

「高小姐，妳來了！」翁太太親切的抓住她：「這一團亂，我看不出個名堂來。」

「我們公司的金…。」文芳抬眼在材料和工人中找人。

「高小姐，我在這兒。」小金從一片殘留的牆壁後竄了出來。

「翁太太。」文芳說：「妳有空就和金小姐聯絡，她負責這件工程的監督工作，有不滿的地方可以隨時修改。」

「那倒不是。」翁太太笑著：「我先生給我看了妳的設計圖，我非常喜歡，那有能力改變妳的設計。」

「要適合妳的需要呀！」文芳走了兩步，稍微看了看。

「我覺得妳設計得最好的，不只是隔間別緻寬敞，最好的就是適用，妳的心思很週密，完全能掌握一個家庭主婦的需要。」翁太太說：「家明說妳連廚房洗碗槽的高低都考慮在內了，特別問了我的身高，洗碗的時候不那麼彎著腰，家事不吃力，彎腰彎得累死了！」

「我依家庭主婦的身材高度來訂廚台的高度，顧及不到來幫忙的人了。」文芳走到廚房方向：「因為是開放式廚房，我特別加強了吸油煙機的強度。」

「以後施工期間我會常來看看，不是有什麼意見，是來看看什麼時候能搬進來。」翁太太看了其新一眼：「家明就是看了你的房子才找到高小姐的。」

「是的。」

「我將來也會替高小姐介紹很多生意。」翁太太說：「家明也幫得上忙。」

文芳禮貌的向她笑著，又向金小姐說：「洪先生來了沒有？」

「等下會來，」金小姐說。

「妳跟他把進度講清楚，水泥工多少天，木工多少天，不能拖的。」

「我講過了。」

正說著洪領工來了。文芳向翁太太道了歉：「我去看一看。」

「妳忙。」翁太太連忙說：「我要回去了，孩子們要放學了，再見。」

「再見。」文芳說。

文芳這才有心情認真的查看一番，她對陪在她身邊的洪老闆說：「我看看隔間的位置準不準確。」

「我看著水泥工量的。」洪老闆說。

「這走廊會有這麼寬嗎？」文芳覺得不對。

「小孩房的外面，對呀！」洪老闆說。

「金小姐，把圖拿來看看。」文芳提高了聲音。

金小姐和程其新都過來了。

「什麼事?」金小姐問。

「這道牆不太對,圖呢?」文芳只覺得一陣陣頭痛欲裂。

「怎麼了?」其新看出文芳的異樣。

文芳搖了搖頭沒說什麼,從金小姐手中接過圖來打開一看,她皺著眉頭向洪老闆問:

「隔掉了一間儲藏室。」

洪老闆看了圖一眼,「眞的,房間向內小一點,走廊沒這麼寬,對!少了間儲藏室。」

金小姐把圖又接過來,急得直跺腳,馬上把水泥工找來:「你怎麼看的嘛?」

「啊!這樣呀!不習慣看啦!」水泥工也訝異:「想不到這裡藏著個儲藏室呀!」

洪老闆保證說:「我們改,我們照圖改。」

文芳又到各處仔細看了看,拿把尺到處量著,其他方面大致沒有問題,她把尺交給金小姐:

「你還要多仔細。」

「是的!」金小姐受了打擊。

「我們走吧。」文芳向其新說。

洪老闆一直把他們送到門口,再三保證立刻叫水泥工改過來:「不會耽誤妳的時間。」

「不及早發現就麻煩了!」其新說:「木工方面也要看緊一點,高小姐的計劃,不是一般的模式!」

「是，是，要特別小心，我們太一般了，太模式了！」洪老闆連連說。

一進了計程車，文芳就靠著車墊癱瘓了下來。

「幸虧發現得早…。」其新安慰她。

文芳搖頭不語。

「妳不舒服，可別也生了病！」其新摸著她的額頭，幸好沒有熱度。

「我有點累。」文芳說。

「那麼今天早點回家休息。」其新說：「晚上我也有個應酬，不能陪妳。」

兩人在文芳公司門口分手，其新叮囑著：

「遠離翁家明，答應我！」

「我答應。」

「眞的！」其新懷疑了。

「他夫妻感情很好。」

「那是他家的事，好不好妳都少理他。」其新兩手緊握住她的手，把自己的力量傳遞給她，加強她的決心。

「謝謝你一直陪著我，否則…否則我一個人，應付那個場面會更吃力。」

「不要想太多，那只是妳的工作！」其新說：「心情不好別悶著，打電話給我。」

「再見。」

「再見。」

文芳回到辦公廳，大家已下班了，只有秋虹還留著。

「有好多電話找妳。」秋虹跟著她。

「有治頭痛的藥嗎？」文芳支著頭。

秋虹趕快拿了百服寧和白開水來，看著文芳吃下去。

「妳明天還有好多事！」秋虹說：「翁先生和龐先生有好多電話來，說龐先生的工程就要動工了。」

「鈴…。」電話一響，秋虹就接了。

「芬芳裝潢…。」她笑了：「翁先生，她回來了，剛剛到，你請等一下。」她把電話聽筒交給文芳：

「翁家明先生，有要緊的事。」

「喂！」文芳恍惚著，各種心事，感情像個萬花筒似的撓人眼花，使她一樣也拿不穩。

「我來接妳下班。」家明說。

「我剛剛回辦公廳，有好多事要處理。」

「我馬上過來。」他很快的掛上電話。

秋虹替文芳把電話掛上：「龐先生說…。」

文芳向秋虹說：「我先整理一下。」

辦公桌上有大堆電話留言和應該看的進度表、會計表，辦公廳裡也只有文芳一個人，沒有秋虹在旁打攪，她厭煩著桌上的一切，她急需找個地方躲起來，整理一下自己紊亂如麻的心情，她現在已完全想不起來怎麼會掉入翁家明情感的陷阱中的！怎麼可能產生出彼此相屬的傾心愛意！

翁家明有個屬於他的家庭，他們夫妻生活心意密密相連！他太太知道他生活中的每個細節，包括和她的認識、交往、談話內容！

文芳突然從椅上站了起來，拿起皮包走到秋虹面前：

「我頭痛，桌上的事都沒法料理，妳幫我看一看，明天再處理。」

「好！」秋虹關心的送她到門口：「明天上午的會可以取消，下午妳一定要去敦化南路，已約好了。」

「再見。」她走進了電梯。

出了大樓才看出天色陰暗得有如深夜。燈光籠罩了世界，雨勢不斷的增大著。雨水沖激著車身，那纏綿的聲音勾起她心底的哀痛：

吳天俊……。

翁家明……。

過去的一直沒有成爲『過去』。

現在的必須成爲『過去』！

12

文芳一進家門，吳伯母就嚇了一跳，趕緊接過她的皮包，摟著她坐在沙發上，而後到浴室拿來毛巾擦著她頭髮上的雨水，看著她蒼白憔悴的臉，嘆息著說：

「妳這是何苦啊！」

「伯母…。」文芳痛苦得不知從何說起。

「我替妳熬了牛肉湯，喝點湯就睡覺。」吳伯母順勢替她摸了臉：「現在什麼都不要說，也不要想。」

文芳從浴室出來，晚飯在餐桌上已擺好了，她正要坐下，電話響了。

「不要接。」吳伯母把電話聽筒拿了下來。

文芳只覺得一陣頭暈，坐在餐桌邊支著頭儘量鎮定著自己。

吳伯母把湯放在她面前，返身把電話掛好。又拉著文芳的手問：

「怎麼樣？頭疼呀！」

文芳抬起頭來不願訴苦，硬撐著說：「沒什麼，我喝湯。」

「鈴…。」電話鈴又響了。

「喂！」吳伯母接了：「喔，你請等一下。」她把聽筒交給文芳：「翁家明。」

「喂！」文芳竟覺得胸中的鬱結疏開了些。

「文芳，我在妳家樓下⋯。」

「明天見。」文芳輕輕的舒了口氣。

「明天我和龐老闆到高雄去看他的一塊地，他約妳一起去。」

「我有事，不能去。」她確知自己不願見到他。

「妳今天眞夠受的。」家明說：「都是我害了妳。」

「沒什麼。」

「我上樓見妳一面好不？」家明說：「談談龐先生工地開工的事。」

「不行。」文芳等不到她要聽的話：「我的湯冷了。」

「唉！明天華航最早一班飛機去高雄。」家明說：「我來接妳一起去。」

「不可能。」文芳說：「再見。」

家明連再見都沒有說，就掛上了電話。

「喝湯！」吳伯母把湯碗放在她手上：「吃了飯洗個澡，沒有什麼過不去的事。」

文芳喉中的硬塊又堵住了，每過去一件事，就把感情掏空一次，剩下個空軀殼有什麼意義？吃了飯她幫吳伯母收拾餐桌，逼不住的問：

「怎麼樣看得出人家夫妻感情好不？」

「很難說。」吳伯母搖頭：「維繫夫妻的因素很多，破壞夫妻感情的因素也很多。考慮這些幹什麼？好壞是人家的事。」

「翁家明…什麼話都告訴他太太。」

「喔！」吳伯母放下抹布看著她：「妳怎麼知道？」

「我下午在他們新家看到她了。」

「我不想多問。」吳伯母拉著她：「去洗澡睡覺吧！」

「不！」文芳和她一起在沙發上：「妳一定要告訴我！」她哭了：「他爲什麼把什麼事都告訴他太太！」

「什麼事呢？」吳伯母把她滂沱著淚水的臉抱在肩頭：「他太太知道他愛上了妳，對妳說了些什麼了？」

「沒…有…。」她突然的收住了淚水，直起腰來：「她…知道他怎麼認識我的…是因爲…室內裝潢…。」她努力記憶著。

「文芳！」吳伯母慎重的說：「我同情他太太！」

「怎麼…?!」

「妳痛苦了一晚上，嫉妒錯了！」吳伯母說：「他心裡口裡都是妳，在他太太面前都忍不住，找些不相干的事談論妳！」

「那…。」文芳如夢初醒，百感交集著不知道如何自處。

「文芳！」吳伯母愁苦的看著她陰晴變化的臉：「你就是不要他離婚只怕都阻止不了他了。」

「我不會。」

「說不定他今晚就同他太太提出了！」吳伯母搖頭：「為了討好妳，為了保有妳，他只好走上離婚的路！」

「眞…的？」

「眞的！」

反反覆覆的一直討論，總逃不出文芳逼翁家明離婚的嫌疑，可又想不出什麼好辦法把這段感情化為無形。文芳心裡有了些不成熟的想法，她不敢提出來和吳伯母討論，把那又甜蜜又可怕的心事，帶到床上去盤算！

「家明…。」她對著黑暗的天花板叫著他的名字：「你什麼時候離開我家樓下回家的？」

家明仰著臉向她跪了下來。

她睜開眼一看，黑黝黝的房裡什麼都沒有！

第二天在鬧鐘聲中醒來，按著預計到了松山機場，辦好了手續，坐在迎門的椅子上，只要家明進來，就漏不出她的視線，她心平氣和的坐著，高爽的家明和矮胖的龐先生談著說著行色匆匆的來了，家明一眼看到她，忘其所以的把007皮箱交給龐先生，蹲在她面前，一如夢境似的仰望著她：

「妳來了！」緊張而疲憊。

「我是你顧問呀！」她甜甜的笑著。

「機票買了沒有？有沒有機位？」龐先生邊走邊問。

「我的都有了。」文芳拉著家明站起來。

「妳眞來了？」家明不敢相信的握著她的手，狂喜的看著她。

「昨晚不好過吧！」她試探著。

「一夜都沒有睡。」

「喔！」

「我在妳家附近的小咖啡廳坐了很久，想好了怎麼向我太太開口，她到岳母家打牌去了，深夜才回來，我說想跟她談談，她立刻道歉發誓再也不打牌！怎麼說都不容我開口！」

文芳正要說些什麼，龐先生在叫家明劃坐位了。三個人的坐位不在一起，龐先生和文芳坐，家明一個人坐了文芳的位子。

「文芳，」龐先生在機聲隆隆中向文芳說：「妳的才華，妳的外型，在我心中有極高的評價，沒有那個人有資格讓妳屈居外遇的角色！翁家明又算得了什麼？」

「我…」文芳簡直招架不住。

「本來感情的事談不到對錯值不值得，外人更不知道當事人的情形，只是你們的相識和交往，我都有意無意在促成，所以才不能不講幾句話！」龐先生握住她的手：「感情的本質在乎眞善美，更重要的是完整的要求，情人的眼裡容不下砂粒，妳要好好衡量一下，翁家明有沒有破裂他家庭的決心。」

「可是…。」文芳的頭突然的刺痛著：「我不可能去破壞別人的家庭！」

「我知道妳會善良的委屈自己，所以我才提醒妳！趁沒有陷得很深的時候，及早打算，既不願破壞別人，又不能委屈自己，我替妳想，只有一條路可走…。」他看著她，不去逼她。

「我…。」文芳感到陣陣不捨的心酸，低頭躲過眼中的淚光。

「各位乘客請注意…。」空中小姐聲音急促：「我們將經過一段氣流，請各位…繫好安全帶。」話才說完，飛機猛然向下急沉，機艙中慌亂驚叫成一片，文芳覺得整個人在向上彈，飛機又在震動搖晃，她反手死命的抱住龐先生，耳旁聽到有人呼叫：

「文芳…文芳…。」

「別怕！別怕！」龐先生拍著她的背安慰著她。

「文芳！」

她覺得有人抱著她的兩腿：

文芳抬頭一看，家明氣急敗壞的蹲在她面前，滿臉的關切，她大吃一驚：

「家明，危險…。」

「這位先生，請你回座…。」空中少爺趕過來警告。

「你不要命啦！」龐先生罵他。

幸好在空中少爺把家明逼走的同時，飛機平穩了下來，空中小姐傳來安慰道歉的聲音：

「剛剛那段氣流已過去了，使大家受驚，也謝謝大家的合作。」

「唉！」龐先生嘆氣：「我剛才講的話，大概白說了！」

文芳只覺得心中升起股不由自主的狂熱，使她忘了驚怕，忘了頭痛，她回過頭去在密密乘客中尋找家明的方向，她終於看到家明舉著手，露出半個臉來，眉眼間流露出劫後餘生的慶幸與欣慰。激起文芳生死與共的深情。下機後她主動的挽著家明的手背，旁若無人的正視著高雄的天空。

到機場來迎接龐先生的人員，把他們接到二樓的圓山飯店咖啡廳，簡單報告了一下安排好的事項，著地的時候有攝影機和錄影機，午餐在國賓廿樓的四川菜廳，飯後就在國賓的咖啡館談談，搭乘下午四點…。

「我想坐國光號。」文芳向龐先生說。

「不行，我晚上有個重要的飯局。」龐先生作難。

「我陪文芳。」家明喜不自禁。

龐先生眼看著他們眉目傳情兩心相許，打定主意不再囉嗦他們感情方面的事。當一切事情按計畫進行了，在國賓門口分手說再見時，龐先生握著文芳的手：

「打扮得漂漂亮亮的來參加我台北工地的剪彩禮。」

「我會的。」文芳笑著。

龐先生一夥人才離開視線，家明和文芳像躲開大人的孩子似的開心的竄進了計程車。

「到西子灣…。」家明向司機說。

「不是去搭國光號嗎？」文芳緊靠著他悄聲問。

「我要把這屬於我們的一天儘量延長。」他指著她的鼻子：「從現在起，我們忘掉台北的一切，在高雄只有我們兩個！」

「兩個瘋子！」文芳心情開朗著。

「瘋子，痴子，神經病！只要和妳在一起，是什麼都可以！」

她的頭靠在家明的肩上，體味著兩人共處的歡欣。全不理高雄街頭的景致，任憑計程車把他們帶到西子灣。初秋的海風吹來些涼意，偏西的太陽在海面上映出片片金光，離日落還有段時間，但是寬闊的大海，大小船舶，已具備了迷人的魅力。足以使心中充滿戀愛情愫的人留連忘返。家明握著文芳的手，沿著海灘避開小販，走向中山大學的方向，找了塊山腳下的石塊，等著太陽變化出美麗的魔術。文芳看著被陽光籠罩的海面問家明：「你常做夢嗎？」

「沒有，我從來就沒有夢！」家明追問著：「妳呢？」

「以前我的夢很少也很模糊，醒來了就不記得了，可是…。」文芳看著他，陽光照亮了他的臉，也透視了他的深情：「自從認識你，我…幾乎天天有夢。」

「什麼夢？」家明問：「夢裡有我嗎？」

「有啊，都是你！」

「眞的…。」家明不敢置信的注視著她：「每個夢裡都有我？」

「很奇怪的情節，」文芳向他懷中擠了擠，躲開那詭祕的感覺：「有個夢是我們在湖裡划小船，我們在小船裡一頭一個的坐著…。」她說不下去了，後半段夢境的不祥感重新又脅迫著她。

「告訴我！」家明扶開她的身子，面對著她：「告訴我還有些什麼夢！」

「很多，多得我分不清眞實和夢境。」

「夢境和…眞實？」

「白天的情景會很像夢裡的片斷，比方說，昨晚我夢到你矮了我半截，向我仰著臉，我剛伸手扶你就醒來了，今天，你不止一次的蹲在我身邊，一如昨晚夢中。」

「我的天！」他昏眩著感到寒意，他緊緊的擁抱她：「不是日有所思才夜有所夢的！」

「所以我很受困擾，」文芳微微嘆息著：「見你不見你，理你不理你，愛你不愛你，拿不定主張！」

家明深深的吻著她，他瞭解她那魂牽夢縈的情懷，她再也丟不開他了，他誠心的向她發願：

「我的心以落日和大海做見證，我愛妳直到永遠，我快和我太太…。」

文芳用熱吻堵住他的話：「夠了，我要保留這份最美好的戀愛感覺，珍惜著這份感覺，不要爲我傷害任何一個人，不要製造我的遺憾和愧疚！」

「可是…。」

「不要講話，你看太陽已落到水平線了！」

落日的紅球向天空散佈著瑰麗的七彩紅霞，一道道的劃過天空，映在逐漸轉暗的海水中，把這眼前的世界粧扮成了彩虹似的仙境，船影處處中有海鷗在飛翔，文芳和家明直到紅日垂落水平線，收盡了它四週的霞光，只在天邊留下一抹餘輝，兩人才疑眞疑幻的對視著，美景帶走了多少時光和默契，又回到他們心中，成了永恆的記憶。直到霞光盡蝕，天邊顯出慧星和眉月，兩人才依依不捨的離開了西子灣，重返已是華燈燦爛的高雄市區。

一到了『蕁之屋』，文芳就要向台北打電話。

「打給誰？」家明奇怪她的心目中還有其他的人和事。

「吳伯母。」

電話響了好久沒有人接，文芳不能相信的又重撥一次，仍然沒有人接。

「吳伯母會去那裡呢？」文芳急得問家明。

「她知道妳到高雄嗎？」

「知道。」文芳說：「我留了紙條給她，可是她會等我回家，不會讓我…糟了，會不會去我爸媽家了？」

「怎麼？」

「她去告訴我爸媽，我和你…。」

「打個電話去看看！」

爸媽家的電話很快撥通了，是媽媽接聽的電話：「媽！我是文芳…。」

「啊，文芳，妳回來啦！」

「吳伯母在吧！」文芳定了心，吳伯母一定在。

「吳伯母說妳出差高雄市。她就來串門子啦！」媽媽笑著：「妳等下，吳伯母跟妳說話。」

「文芳…。」吳伯母聲音愉快：「妳在那裡？」

「妳…有沒有…告訴我爸爸媽媽。」文芳小聲問。

「沒有，妳在那裡？」

「我還在高雄，坐國光號夜車回來。」

「幾點到？」

「你不要等我。」

「我等妳！」吳伯母掛上了電話。

13

國光號穿過黑沈沈的夜空，奔馳在車來車往的高速公路上，車內的旅客都已熟睡了，家明和文芳緊緊地依偎在一起，連眼都捨不得閉。他們要體會著夜的過去，他們有計劃到台北去迎接黎明。在這絕無人打攪的車廂裡，他們有吐不完的愛意在表達，有說不完的往事在交換，兩人不知什麼時候朦朧睡去。

車到台中站，文芳才在家明懷中醒來，幸福的仰著臉向他笑著。

「下去走走。」家明替她整理頭髮。

文芳就勢伸了個懶腰，被家明拉著下了車，深夜清涼的空氣好像能浸入身體裡的每個細胞。

文芳舉著雙手仰望天空，稀疏的星辰和淡淡的月影，是這樣的良辰，她願意時光就此停住。但是她被家明引進了小吃部，在販買咖啡的機器裡投下錢幣，端著兩杯熱騰騰的咖啡，看著在徹夜工作著的生意人，通明的燈火，喧喧嚷嚷的交易聲，把夜逼在門外留連。

徜徉在車前不遠的空地上，兩個人整個的被夜所包圍。今夜的一切，美得……。

「妳在想什麼？」家明雙手拿著咖啡杯，笑著審視著她。

「我沒有想，」文芳四週回顧著：「我在感覺，我從來不知道夜有這麼美。」

「夜！」家明四週看了下，把視線又投注在她臉上：「我們來設計一下，到處去體會不同的夜！火車站、飛機場、大城小鎮、國內國外。」

「羅馬、紐約、東京…。」文芳雙手合十，嚮往著，憧憬著。

「羅馬、紐約、東京。」家明一一答應。

「我們把世界上最美麗的全記錄在腦裡、心裡！」

有這樣興奮的話題，和著一杯咖啡的力量，從台中到台北，他們完完全全的清醒著，文芳依靠在他的懷裡，一隻手被他握在手心裡，直到台北終點站，才不得不改換姿態，走進五點多鐘的台北街頭。順著忠孝西路走向忠孝東路，穿過『來來大飯店』，東邊的天空就有了變化，不知那來的光照亮了天際，趕走了黑夜，寂靜的馬路逐漸有車輛的穿梭，晨跑的人們從他們眼前越過。在頂好市場附近，他們才上了部計程車，開向永和的『豆漿大王』。

剛出爐的燒餅油條，和香甜的豆漿，減輕不了即將面臨的事實。

「你怎麼向你太太說？」文芳終於問了出來：「一夜不歸。」

「我已安排好了。」家明說。

「啊！」

「我決定在高雄多留一下的時候，就打了電話回去。」家明說：「我是個生意人，她很能適應這一點，我有充分的理由拿起行李一兩天出差在外。」

「其新說過你是個愛家的好丈夫，她有信任你的理由。」文芳說：「答應我一件事。」

「這麼慎重！」

「我答應過吳伯母，不破壞你的家庭，決不傷害你太太。」文芳無可奈何：「高雄的毫無顧忌是過去了，今天，其新又要跟著我們了。」

「妳會受不了。」家明搖頭：「我也沒辦法兩面做人。」

「不止你太太，還有你的孩子。」文芳說。

「這是我的問題應該由我來解決。」

「如果我愛你，我不會讓你爲難。」文芳說：「一個愛家愛孩子的人，突然變了心，竟提出離婚的要求，這殺伐力有多大，而我就是那殺人的刀。」

「事情已到這一地步，總有人受傷的。」

「可以是我，也可以是你！」文芳說：「不應該是無辜的第三者。」

「所以我說我不能兩面做人！」

文芳微微點頭：「至於我！我不配擁有什麼，否則天俊不會離開我。我嚐過失去的痛苦！不願意任何人再去品嚐！我的吳伯母，我的父母也不准許我那麼殘酷。」

「可是上天見證，我心中只有妳的喜怒哀樂，我考慮的是妳的幸福。」

「有你這份心，我就足夠的了。」

「我只能答應妳，我儘量！」家明說：「我儘量找個最好的解決方法。」

「你知道我爲什麼臨時決定去高雄嗎？」

「因爲妳愛我，知道妳不去我會心不在焉，心神不寧⋯⋯。」

「然後爲了討好我，保有我，只有離婚一條路。」文芳說：「我去討好你，我讓你保有我，處理感情的方法很多，表示眞誠的方法也很多，不一定非傷害什麼人不可，這就是我去高雄的理由。」

「妳猜的很正確！」家明說：「這趟高雄之行是我最珍貴的記憶，我感謝妳的臨時決定。」

「你該瞭解我！」文芳說。

「我瞭解！」家明吻著他手中的手。

共度了一天一夜，在吳伯母家門前分手時，仍然依依不捨。

「一起吃中飯。」家明說。

「我上午要補覺。」文芳說：「下午才去公司。」

「那麼晚上一起吃飯。」

「和其新一起。」

「聽妳安排。」家明走了。

文芳用鑰匙打開大門，看到吳伯母坐在沙發上，疲憊而憔悴：「吳伯母！」文芳衝到她面前。

「回來了？」吳伯母看著壁鐘，「搭車子回來的！」

「我們搭一點多的國光號！」文芳慚愧著：「讓妳…我叫妳先睡的！」

「文芳，你爸媽把妳交給我，我有責任！」吳伯母看著她：「我好擔心！」

「自己嚇自己！」文芳扶著她進房：「你是在懲罰我！下次還敢不敢！」

「敢不敢什麼？」吳伯母站了下來。

「敢不敢一夜不歸。」文芳說。

「我一直在想，我是不是庸人自擾，是不是每天按時回家的人就一定出不了差錯，我在美國的兩個女兒，我那知道她們在做些什麼？」吳伯母躺在床上：「只是，妳昨天的行動表示了妳的決心，妳在不顧一切的投入。」

「他答應不跟他太太離婚了。」文芳坐在床沿：「我多個知心朋友，對任何人都沒有損傷…除了妳之外。」

「程其新才是妳的朋友，還不能算是單純的朋友，因爲他愛妳。」吳伯母說：「去睡一下吧，翁家明運氣不錯，等妳從天俊的痛苦中剛醒過來，又懂得什麼是寂寞的時候，趁虛而進。」

「我…。」

「去睡吧！」吳伯母說：「我也要睡一下。」

從吳伯母房裡出來，一個人卸粧沐浴，突然一陣強烈需要人爲伴的寂寞，緊緊的摟住了她，一夜的相依相偎寵壞了她的心靈。她躺在床上擁著那薄薄的被蓋，覺得自己像虛懸在浩瀚的天空裡。

她有副很好的心情和翁太太閒談，兩入斜角坐著，翁太太向她傾著身子，艷紅的嘴唇笑得很迷惑…。她睜開眼，手捂著胸前躺著，奇怪的出了一身冷汗！她怎麼會夢到翁太太的呢？她到夢中來，是要給自己什麼樣的警示呢？她在床上躺不住，索性起來化粧打扮，早點去上班。她離開家的時候躡著腳步到吳伯母房中看了看，老人家睡得很熟，她留了張便條給她。

「伯母，我在辦公廳，醒來打電話給我。

妳最關心的人上」

駕著車子覺得陽光刺眼，戴上副太陽眼鏡，世界頓時暗淡了下來，倒能配合她的心情。昨天的心情，昨天的愛情到那裡去了呢？心靈的寄托並不能填補些什麼，在人海中孑然一身而寂寞依舊。

她才踏進辦公廳，就聽到其新大聲而急速的以英文講電話，她在小辦公廳門口露了臉，其新氣急敗壞的臉上，立刻騰上了笑容，他向她舉了舉手，向電話那頭加重了語氣：

「Listen, I'll be there and check all the defects.」

文芳走到秋虹面前，秋虹遞給她二張紙條：

「妳有這麼多生意要接。」

「金小姐呢？」文芳想訓練她，眞忙不過來了。

「去翁家新房子了，昨天出了點狀況，翁太太要把舊的床用上，好像她結婚時候買的，捨不得丟。」

「她…。」文芳覺得自己一陣虛弱：「小金怎麼說？」

「她不敢改妳的設計，說等妳回來再說。」

「回來…。」

「吳老太太說…。」

「文芳…。」其新叫她。

「吳伯母說什麼？」她不理他，急著問秋虹。

「說妳不太舒服，叫我們別打電話吵妳。」秋虹看著她：「妳還沒有好吧！臉色不好。」她拿了兩張面紙給文芳：「還在出冷汗。」

其新也以對病人的體貼在呵護著她，大家全知道她生了病：「感冒啦！心情不好最容易感冒。」

「其新，你再不好好上班，你的貨還要出問題。」文芳坐在沙發上意興闌珊：「一點事情就跑了一趟美國，貿易生意能賺多少佣金？」

「我到美國去了，妳怎麼辦？」

「保護自己。」

「我要去十天左右，順便拜訪一下其他客戶。」其新說：「我會打電話給妳。」

文芳點頭，她需要這份關懷：「有沒有空，陪我出去一趟？」

「去那裡？」其新說：「一定要我去，沒空也得有空。」

文芳出去向黃秋虹說：「替我連絡翁太太，下午如果方便，我去看看她那張舊床。」

「好，我們去翁家看看。」其新拍手笑了：「對翁家明來個抽絲剝繭的正面認識，我們往往愛上的人只是個模糊的影像，加上自己的理想，與眞實相差很遠。」

「篤，篤，」黃秋虹敲門進來：「約好了下午兩點以後，她在家等妳。」

「容許我回公司一趟！」其新向文芳說：「一點鐘來接妳，吃個快速中餐就去翁家。」

把其新送出大門，文芳一邊進自己辦公廳，一邊向秋虹說：

「接龐老闆。」

電話很快接通了：「高小姐，有空快過來一趟，大樓設計圖出來了。」

「我下午過來。」

「什麼時候回來的？」

「不要問好嗎？」

「妳還好嗎？」

「好，謝謝你。」

「那就好，下午見。」

她接著又連絡了幾件工程，的確給了她些成就感，她有感覺到人手不敷分配，她把黃秋虹叫進來。

「我想訓練一下吳小姐，業務才開展得了。」

「吳小姐年底結婚，男方事業很大，她不可能在外面工作。」秋虹說。

「增加人手就得增加開銷。」文芳說。

「我訓練小妹接聽電話，我可以負責一兩家工程。」黃秋虹自告奮勇。

「就這樣辦，妳對我也比較瞭解。」文芳說：「妳可得好好訓練小妹。」

「鈴…。」電話響了。

「喂…。」秋虹接聽：「吳伯母，請你等一下。」秋虹向文芳笑了笑走了出去。

「伯母，妳睡醒啦！」

「妳忙什麼去辦公廳呢？我有好多事要告訴妳。」

「頂重要的，妳昨天不舒服。」文芳無限感謝。

「喔！」吳伯母似乎放了心：「下了班早點回來，今天那裡都不要去，回來睡覺！」

她答應得很爽快，因爲她預知下午約兩個約會都不好對付，會把她整得筋疲力盡的。

她打起精神和其新二點整到了翁家，翁太太親自開門，親切自然的拉著文芳看他們的裝潢。

「…談不上裝潢，貼上壁紙而已，有小孩子連地毯都不敢鋪，將將就就也住了好多年了。」

文芳和其新才坐下喝了杯茶，翁太太又熱烈的說：「去看看我們的舊床吧！」

其新站起身來向文芳伸著手，文芳的手冷得讓他吃驚，他又伸出另一隻手來，把她雙手緊緊的握住，滿眼是憐憫和鼓勵：「文芳…。」

文芳靠著他，走向家明的臥房，房內收拾得很整齊，一張沙發，一個大床，一部可移動的電視機，床頭牆壁上是家明夫婦的結婚照片。文芳怔怔的站在床邊，臥房中有家明的氣息和他製造的恩愛親熱，她的兩手冷得像冰，很快的就傳遍了全身，冷得她麻木。

「我回家一看，尺寸不太對。」翁太太笑著說：「這張床是生了我二女兒買的，她就是不肯一個人睡，這麼大了，還時常來擠我們的中間。」

「很好。」文芳勉強的答著話。

「能不能搬過去呢？」其新提醒著她。

「能，新房子臥房很大。」文芳實在站不住了：「我現在就到工地去一趟。」

「現在嗎？」翁太太高興的說：「我跟你們一起去。」她看了看手錶：「從那裡去接我女兒。」

「妳不是還有事嗎？」其新想替她支開翁太太。

「去告訴金小姐一下。」文芳向外走。

「等我兩分鐘。」翁太太撥電話：「家明，我到工地去…當然是我們新家的工地，你叫車子到那裡去接我…去接你寶貝女兒呀…好…我知道，晚上見。」她放下電話向等在門口的兩個人說：「我先生像是忙昏了，弄得我也忘了告訴他你們在這裡。」

14

其新把文芳和翁太太送到復興工地，很不放心的放下她們自己去上班了。翁太太跟文芳，在四壁都是保護板的電梯裡繼續談著她的家庭計畫。

「這邊的房子還是小了點，家明說，將來龐老闆的『翔龍大廈』有更大的坪數，最小的和我們這間一樣大，」翁太太笑著：「到時候也得請妳設計。」

「妳喜歡…。」

「喜歡，我真的很喜歡妳的設計，我到美國去看我的姐姐她們，唯一羨慕她們的是住的房子，空間大，真是漂亮，一直就想要改善自己的房子，家明…。」

出了電梯，敲釘聲，鋸木聲，止住了她們的話題，金小姐一眼就看到了文芳，迎過來說：「高小姐，公司有要緊的事找妳，請妳打個電話回去。」她又禮貌的向翁太太說：「翁太太，好久不見。」

「我一來就給妳找麻煩。」翁太太說。

「妳陪陪翁太太，把臥房的圖拿來，我帶走。」文芳匆匆交代著，在木板和工具當中拿出手機，撥電話回公司：「誰找我？」

「龐先生請你馬上過去。」秋虹說：「翁先生已等在那裡了，說是要等妳的意見。」

「我馬上過去。」

「好，我打電話告訴他們。」文芳放下電話向翁太太抱歉：「翁太太我先走一步。」

「這是臥房的尺寸圖。」金小姐已預備好了。

「金小姐，妳和翁太太約個時間，把她家那張大床的尺寸量給我。」

「妳只要打個電話給我，我如在家妳隨時都可以來。」翁太太又向文芳說：「你去忙吧，我等我先生的車子，順便看看。」

「有什麼要改的，隨時告訴我們。」文芳行色匆匆的向翁太太說：「再見了。」

「再見。」

文芳逃離了翁太太親切讚許的笑容，恨不得電梯一墜到地，她嫉妒那個女人，這個從沒經驗過的感覺使她氣悶得心痛，喉嚨管被嫉妒的情緒扼制住，一股漲痛立刻升到額頭，刺痛得她眼睛都睜不開。扶著電梯站了好一會，才開車到龐氏企業大樓。大廳兩邊是兩家銀行，迎門是兩排電梯，文芳到了頂樓，一出電梯就看到兩位小姐坐在接待的長桌後面。

「妳是高文芳小姐。」一位小姐向她笑著：「請進。」

另一位小姐向右邊的牆壁比著手勢，牆壁當中向兩邊開出個門來，文芳走進門內，家明已迎了出來：

「文芳，」他以逼人的喜悅在招呼她：「妳去了那裡？我打電話給妳，小姐們說妳出去了，手機……。」

「她們…沒有告訴你我去了那裡?」文芳繼續向裡走。

「沒有。」家明看著她:「只說妳和其新出去了。」

「我到你家去了。」文芳撫著額角。

「來了!」龐先生從會議桌邊站了起來:「高小姐,請坐。」他拉開身邊的座位,又扶著文芳的手背向在座約六、七個人介紹說:「高文芳小姐,我非常欣賞她的設計才華,有一種能吸引我的美感。各位和我共同工作籌備了達一年之久的這座『翔龍大廈』,建管處已經核准,而我們也已預定了開工的日期,現在請各位諒解的是,我要請高小姐看看我們的紙上作業,請她給我們一些意見。」

翁家明接著說:「高文芳小姐是我們公司的顧問。」

文芳站起身來向在座的人說:「我不懂建築不懂結構,我的意見如果和這些有衝突的時候,請提出來更新研究。」

有人把『翔龍大廈』的外型圖和透視圖放在她面前,文芳翻了翻就有了意見:「在外型上我有兩點意見,大廈外側的所有陽台都不要,只留內側間中庭花園的陽台。能不要更好!」

「這是純住家大廈。」有人提醒她。

「聽她說。」龐先生說:「還有呢?」

「這片中庭、石雕花埔、草地小徑,不切實際,我懷疑什麼人會到這裡散步。」文芳說:「我們可以重新設計,讓住戶眞能來中庭走走坐坐,從室內窗子往下看,景觀美麗、人物悠閒。」

龐先生向家明說：「改！改！」

家明鼓掌贊成。

「不影響開工日期嗎？」文芳問。

「我要棟精緻的、十全十美的大樓，還是遷就開工日期？」龐老闆說。

「光改陽台和中庭，不影響開工日期。」家明說。

「內側陽台的面積儘量縮小，留些空間，設計些四角窗，不知道影響不影響結構？」文芳說。

「可以辦得到。」

「這是內部隔間的標準型。」龐先生指著一副平面圖：「怎麼樣？」

「客戶可以按照他們自己的構想要求重新隔啊！」文芳說：「這只是公司提供的隔間而已。」

「如果就這麼住進來呢？」龐先生問。

文芳仔細看著平面圖：「很好，洗手間、更衣間、衣櫥要改一下，廚房旁的儲藏室不夠大。」

「那麼，是不是高小姐給我們一個草圖，我們再來設計。」

「我把角窗、中庭、洗手間、儲藏室，畫個草圖出來，請你們指教。」文芳說。

「那裡的話，經妳這一改，我可以拿設計獎了。」設計師說。

「我儘快想出來。」文芳說。

「我們照舊可以按時開工嗎？」龐先生問。

「可以，高小姐沒有動到結構方面。小改型不影響開工。」

「高小姐，開工日期不改，妳替我們『龍翔大廈』剪綵，我們籌謝一個大紅包和一把金剪刀。」龐先生開心的說。

「像這樣的大廈，應該請社會名流，政府顯要，沾點他們的富貴名望。」文芳笑著：「我…只是個工作人員。」

「不，」龐先生堅持：「這些人與這座大廈沒有關連，我們就請妳高文芳小姐。」

散了會，龐先生把文芳和家明請到他的會客室，喝著茶向文芳說：

「我們是今後建築界的鐵三角，一定要好好合作。」

「一定。」家明說。

「我不願有任何私人的因素，破壞我們的合作。」龐先生說。

「不會。」家明看了文芳一眼。

「妳怎麼說？」龐先生問文芳：「就算有一天妳和翁家明不再是好朋友了，也不能退出我們的鐵三角喔，公是公，私是私，千萬不能混爲一談！」

「是的。」文芳相當勉强。

「好，握手算數。」龐先生一手一個握住他們：「文芳是翁家明的顧問，也應該是設計師之一，支兩份薪水。」

「沒問題。」家明說：「我希望她能入股我的公司。」

「我替她出資。」

「那倒不必，我算她乾股。」

「統統不要，我只要當個顧問，我自己有公司，還忙不過來呢。」文芳拒絕：「我可以走了嗎？」

「快點把草圖給我。」龐先生說：「下個月九號不要定約會，不要出差，『翔龍』開工。」

「我送她。」家明也告辭。

兩人走在下了班後的辦公大樓裡，家明握住她的手，偏頭看著她說：「我為妳驕傲。」

「妳的工程師設計師會恨我。」文芳說。

「恨妳會使他們得獎嗎？」家明說：「最重要的，我感謝妳。」

「好麻煩。」文芳嘆著氣。「都糾纏在一起。」

「麻煩？」家明問：「多點連繫我們的感情更堅固。」

「我…。」文方站在馬路邊心慌意亂。

「妳累了，我們找個安靜的地方吃晚飯，妳早點回家休息。」

「我頭痛…。」她弄不清自己的感情，是讓他走，還是留他在身邊。

「頭痛！」他緊張了：「要不要看醫生？我送妳…。」

「不用，我沒睡好。」她眞想再依偎在他懷裡：「我早點回去。」

「不吃晚飯？」

「回家吃。」

「文芳，」家明不捨：「給我一點時間。我想知道妳到我家去幹什麼？」

「你回去問你太太吧。」

「有必要和她談論妳嗎？」家明攙扶著她：「現在，妳頭痛，妳心情不好，我能跟妳輕易的說再見，讓妳一個人回家嗎？」

文芳不由的笑了，她難爲情的說：「吳伯母在等我。」

「打個電話給她。」

「你呢？」她偏頭看著他：「你不用打電話回去嗎？」

「謝謝妳關心我，」家明替她撥電話，接通了交給她：「吳伯母，文芳跟妳講話。」

「伯母，」文芳叫著。

「回來吧，」吳伯母說：「我請翁家明吃飯。」

「什…麼…。」文芳大出意外。

「程其新在不在？一起回來。」

「他不在。」

「趕快回來，我要炒菜了。」

「伯母請我…你吃飯。」文芳捂著話筒向家明說。

家明搖手：「我有話要跟妳說。」

「伯母…。」文芳要推辭。

「文芳，不要到處亂跑，給人看到了總是閒言閒語，傳開了，對妳對他都不好。」

「好，我馬上回來。」文芳切斷了手機，轉向家明：「你去不去？」

「伯母一定要妳回去呀！」家明握著她的手：「我盼了一天，只想跟妳單獨在一起。」

「單獨？」文芳看著下班的人潮：「伯母怕閒言閒語，傳開了…。」

「好吧！」家明阻止她：「我們去吳伯母家。」

兩人去開車的路上，經過 7-11 商店，家明拉住她：

「帶點禮物去。」

「應該唷，」文芳說：「她會爲你加菜的。」

7-11 商店的自動門才打開，內裡就有人向他們叫著：

「高文芳。」

文芳一看，來不及的鬆開家明的手：「施伯母。」

「妳…。」施太太輪流看著她和家明，笑得好開心：「男朋友呀！」

「翁家明先生。」文芳硬著頭皮介紹：「這位是施太太。」

施太太越發的高興：「到妳家去了兩次，都沒有看到妳，妳媽媽說妳住在吳天俊家，沒提及妳認識翁先生的事。」

「施伯母，妳買好東西啦！」文芳岔開話題。

「是呀，從老遠跑來買瓶 TOBASCO，那個小美辣辛醬吃不習慣。」施伯母：「我要走了，好多人在『韓香村』等著我呢。」

「施伯母，再見。」

施太太一邊走，一邊把文芳拉過一邊：「這個人好體面，快點請我們吃喜酒吧！」

「只是…普通朋友。」文芳滿臉通紅。

「不錯啦！」施太太很興奮：「你爸媽怎麼不向我們提提呢？我們都很關心妳的。」

「施伯母，先別告訴我…爸媽。」文芳急了。

「其實…好啦，也別拖太久了，我看你們已經很不錯啦，早點定了，你爸媽多高興。」

「施伯母，再見。」文芳逃離開她身邊。

經過這場小小的意外，文芳在開車的一路上，沒有一點笑容，到了吳伯母家門口，她猶豫著不開門。

「文芳！」家明懇求著她。

文芳終於開了門，門裡的吳伯母向家明點頭招呼，又向文芳說：

「程其新打電話給妳，我說妳馬上回來。」

文芳向家明說：「你請坐，我打個電話。」

「我約他一起來吃飯，他說有事。」吳伯母走向廚房。

「其新。」文芳接通了電話：「你找我。」

「我後天去美國，妳有什麼事沒有？」其新問。

「沒有。」文芳說：「要不要我替你送行呀？」

「不要。」其新立刻換語氣：「我沒有空！我的夥伴弄出了漏子，還鬧著要退股！」

「糟啦！」

「不用替我煩心，我還是關心妳。」其新說：「到了美國我還會常常打電話給妳。」

「好。」

「明天，」其新在動腦筋：「明天我們再見。」

「明天見。」

「等一下，」其新叫著：「那個翁家明呢？」

「你要跟他講話嗎？」

「他…跟妳在一起？」其新吼了起來。

「吳伯母不要我們在外面…吃飯。」

「啊！」其新瞭解了：「我跟他講話。」

文芳把電話交給家明，自己到廚房去幫助吳伯母。

「妳看，把妳忙得…。」文芳站在吳伯母身旁。

「吃了飯，在家裡看看電視，聊聊天。」吳伯母一邊炒蛋一邊說：「我們不害人家，可也別害了自己，不要那麼不替自己留餘地。」

「對喲！」文芳想起施伯母。

「去把餐桌擺好，這裡不需要妳。」

文芳拿者碗筷出來，家明趕快幫忙，站在餐桌邊，兩人搶著做。

廚房裡飄過來炒菜聲和菜香，文芳和家明不由的相視而笑了，濃烈的的溫馨沁入了他們的感覺。

家明在文芳耳邊悄聲說：

「眞感謝吳伯母。」

「文芳…。」吳伯母在叫。

文芳偷笑著走開了。

15

在吳伯母的攙扶下，文芳走進賀客熱鬧的大廳，她強迫著自己低著頭，硬把股歡樂與興奮心情，壓抑成害羞的端凝，像個新娘子！

新娘子！

新娘子！

她內心歌唱著，好像所有賓客也都齊聲合唱著。她想跟著輕快的歌聲走得快一點，可是吳伯母拚命的牽扯著她，使她簡直寸步難移，她終於推開吳伯母奔向結婚禮壇！可是禮壇前空曠的亮著刺眼的燈光，找不到新郎！

新郎呢？

新郎呢？

「翁家明！」文芳嘶聲叫著。

夢境很清晰，但很快就被文芳忘在腦後了，翁家明充滿著她白天的生活，她再也沒有時間去追尋夢中的他了，這段日子，翁家明的確改變了她對生命的感受，生活中不再有徬徨與迷惘，無奈和勉強，歡欣像流水似的湧來，使她飄飄然的自如自在。她和家明的交往，在吳伯母的保護下，已不用人前躲藏和擔心。白天家明會到她公司來談事情，晚上多半到吳伯母家去相聚。當其新越洋電話裡知道她生活的節奏時，也放心多了。

「文芳，還有一兩天我的事情就擺平了。你來玩玩好不？」其新在電話裡鼓勵著她。

「走不開。」

「不是捨不⋯。」他又換了語氣：「我這次出來辦事，本來是件很頭大的苦差事，但是心情並不太壞，換了一番人與事，看法上有很大的改變。」

其新的用意很好，只是他好像永遠摸不清她的心意，她目前怎可能到國外去浪費時間，她現在珍惜著一分一秒的光陰。反芻過去，期盼未來，翁家明沒有一分鐘不在她的感覺裡，她這才知道什麼是：

「才下眉頭，卻上心頭。」

有時忙完了一件事情，暫時把翁家明摒除在意識之外了，她會突然警覺而惆恨不已，趕快安定下來，把他重新呵護在心窩裡。這些情懷也不怪遠在美國的其新不能瞭解，就算身旁的吳伯母、黃秋虹覺察得也不多。只有翁家明知道她已完全沉浸在戀愛的甜蜜裡，要不是他常常提醒著她，她已變成個遇事不能專心的小迷糊。

「文芳，龐先生堅持要妳剪綵啊！」家明電話裡說：「我再三替你推辭都沒有用。你的衣服準備好了沒有？」

「討厭哪！」文芳一點也不起勁：「我不知道該穿什麼，我是室內裝潢，不是服裝設計。」

「我們到香港去採購好不？」

「香港！」文芳心動著：「我好久沒去了。」

「有出入境簽證嗎？」

「我隨時都準備一份的。」

「星期五下了班去，星期一一大早回來。」家明興奮著：「只有我們兩個人。」

這個建議對她形成了個強烈的誘惑，高雄短暫的兩人相處，到現在都不能淡忘，她禁不住衝口而出：

「我真想去，可是…。」

「文芳，」家明努力說明：「妳要給我們兩人一點空間啊！」

「我…。」文芳意識到身旁的壓力：「公司裡忙得不得了，龐先生的『翔龍大廈』又增加了好多工作，這些都還可以趕一趕，我爸媽那邊也好說，就是吳伯母…她一定反對。」

「吳伯母跟我談過話，我不覺得和她溝通有困難，讓我請求她好不？」

「我的事情別人跟她說，她受不了。」文芳說：「我先說，讓她來找你。」

「都可以，只要我們能一起去香港，妳去過香港的是不？」

「去過。」

「妳最喜歡什麼地方？」

「你不是說去採購嗎？香港是購物者的天堂，大樓設計也漂亮。」

「我喜歡過輪渡，喜歡到半山去看香港九龍燈火輝煌的夜景，喜歡在避風塘吃海鮮，聽廣東小曲。」

「對呀！」文芳悠然神往：「我聽說避風塘，可是沒去過。」

「輪渡呢？」

「我坐過。」

「爲了過海乘輪渡是不？」家明說：「我不是，我是爲了坐了輪渡而過海，尤其是那次爲了躲你去香港，我一趟一趟的來去在維多利亞海峽間，在天星輪，在佐頓道輪渡上想的全是妳。」

「一個人呀！」文芳感動著。

「人很多。但是那些人都是不存在的，在感覺上我是一個人站在船舷，在海天之間尋找你的影子。當時就有個夢想，希望妳在我身邊，希望所有人凝成一個妳。」家明急切的說：「文芳，我那時很悲哀，知道那些希望全是奢望，是我這輩子的遺憾，但是，現在，文芳，讓我們一起乘坐輪渡，彌補海天之間那份缺憾！」

「好，我去跟吳伯母說。」文芳滿懷辛酸與甜蜜的答應了。

「答應我一定去！」

「我也想去呀！」

一時之間香港之行的種種設想，興奮得文芳百事無心，她放著手邊的工作，打了電話給吳伯母。

「伯母，今天我們出去吃飯。」

「是翁家明要請我是不是？」

「不是，就我們兩個人。」

「也好，那家餐廳，我自己去。」

「餐廳妳去想，去訂，我到時來接妳。」

她這個安排得到家明的熱烈支持，兩人又訂了很多聯絡與見面的方式，家明依依不捨的掛斷電話。

文芳避免了下班的交通尖峰時間，提早回家，一進門看到吳伯母已打扮好了，她歡呼著抱了過去：

「好漂亮哦！」

「位子也訂好，『聚豐園』。」吳伯母拍著她的背：「我想吃鱔魚。」

「然後我們穿過館前路到『希爾頓』喝咖啡。」

「也好。」吳伯母笑著：「我是應該輕鬆輕鬆了。」

文芳緊緊的抱著吳伯母，慚愧的不忍鬆手抬頭，這個全心全意愛護著自己的老人，這些日子來被自己折磨得也很夠了！她的心情突然的淒涼了起來，決定不提去香港的事，讓今晚的時間完全屬於吳伯母。

在『聚豐園』完全由吳伯母點菜，炒鱔糊、素黃雀、香烤排骨、油豆腐、烤白菜、糖醋黃魚、蘿蔔鯽魚湯。

「文芳，就我們兩個人點這麼多？」

「妳喜歡就好。」文芳替她倒茶：「以後每星期我們出來一次，吃飯、看戲、坐咖啡館。」

「就我們兩個？」

「就我們兩個。」

「好孩子，妳眞有心，就算做不到，我也能諒解。」

「除非妳願意我爸媽加入。」

「不，我不願意。」吳伯母頓了頓說：「只有我們兩個在一起的時候，才感覺到天俊的存在。」

「天俊！」文芳長長的嘆息：「連個夢都不給我。」

「他要你完全忘了他。」

「怎麼說呢？」文芳放下筷子，不知從何說起：「我們…我最近常常想到天俊，想到天俊與我的交往過程，我覺得…他像我的哥哥、我的弟弟。不像個我得不到的男朋友、未婚夫。」

「也只有這樣了！」吳伯母傷感的握住她的手臂：「人與人，不講緣份眞不行，尤其是年紀大了，經歷多了悲歡離散，不迷信點緣份眞弄不清楚是什麼回事。」

「可是…。」文芳頭痛：「如果我和天俊沒緣爲什麼讓我們相見又相愛，如果我和家…。」

「妳和天俊和家明都不是善緣。」吳伯母說：「一個來得太早，一個來得太晚。」

「伯母。」文芳萬般無奈：「我們又扯出太多傷感來了。」

「我如果爲了圖歡喜，我守得住妳嗎？跟我女兒在一起不快樂一點嗎？」吳伯母笑了：「只要看住妳，我已很安心了，心安就是快樂。」

文芳也笑了：「妳說我的緣份不對，應該是『欠』，妳『欠』我的，我『欠』…。」

「不要太一廂情願。」吳伯母說：「緣隨遇來去，欠就非還不可。」

「等下我們去喝咖啡…。」

「其實我的生活有一定的方式，如果妳眞要陪我，陪我回去看電視。」

「都聽妳的。」

「如果妳有事和我商談，在家裡也好談。」吳伯母擦著嘴：「不過我還是很喜歡偶爾出來走走，悶在一個地方太久了，心都窄了。」

文芳怔怔的看著她，佩服她的聰明剔透：「我要到香港去…。」

「一個人？」吳伯母的心裡準備仍然不夠。

「伯母，」文芳氣餒著：「我們回家再談吧。」

付了帳出來，兩人在氣溫高熾的街頭走向停車處，文芳突然覺得路旁站著的年輕小姐很眼熟，她脫口招呼著：「秋虹！」

秋虹像在期盼著什麼，根本沒注意身旁的事，等文芳和吳伯母接近了她正預備再叫她時，一輛大型凱地拉克停在她面前，秋虹很快的上了車，凱地拉克很快的開走了。

「誰？」吳伯母問：「妳朋友？」

「她沒看見我。」文芳停著腳步，目送凱地拉克遠去。

「不知什麼事失魂落魄的，叫她也聽不見。」吳伯母說：「還是我們老太太好，很多事只是個旁觀者。」

「旁觀者清。」文芳替她開了車門。

「也無能爲力。」

文芳沉默著，秋虹的行跡怪怪的，眞有點失魂落魄，和她平日處理辦公廳事務的冷靜俐落完全不同。

一頓晚飯吃得很疲倦，回到家換了衣服卸了粧，泡了兩杯茶，坐在餐桌前眞比那裡都舒服。

「還是家裡好。」吳伯母說。

「是的！」文芳心情很亂。

「去香港是什麼回事，如果和翁家明一起，我不會同意。」吳伯母說。

「我保證呢？」

「文芳，妳在自欺欺人。」吳伯母說：「兩個相愛的男女能在旅遊中管得住自己？」

「可是，我眞想去香港。」文芳漲紅了臉：「我這麼多年來的痛苦寂寞，在高雄短短的一個下午就開朗了，甚至…爲了他的家庭，我的要求已…我根本沒有要求，我把自己變成個不存在的沒有喜怒哀樂、愛慾憎恨的人，只因爲我不願破壞一個美滿的家庭！到香港去，我可以和他大大方方的走在一起，把自己又恢復成個有感覺的人！」

「妳已下定決心聽憑你們當時的感覺行事了。」吳伯母心痛的看著她：「妳不覺得委屈？我再三提醒你的。」

「我不會讓自己委屈的。」文芳說：「我向妳保證，他的家庭在管束著我，不論我有多麼愛他，我決不可能把自己變成他的情婦，我可不能愛一個把我當情婦的男人！」

「這一點我相信。」吳伯母說：「那麼妳去吧！我累了，我先去睡了。」

「伯母。」文芳拉住她：「我在傷害你，原諒我愛上了別人。」

「我瞭解，我說過，我已把妳當女兒看待了。」吳伯母嘆息著：「妳這麼顧著我，我不如回美國去吧！」

「不…」文芳更拉緊她：「妳不能走！妳走了我…我就要住回爸媽家了，他們…妳不能走！」

「我們再考慮，再想想，事情千變萬化，我也糊塗了。」吳伯母說：「而且就算要走，也得等妳從香港回來，到那時再看情形。」

當天夜裡文芳又做了夢。

在香港輪渡上碰到翁家明和他太太，翁家明一看到她，帶著太太避到人叢中不見了。她傷心的哭醒了，看看床頭鐘，深夜三點多。夢裡的情形困擾著她。輾轉反覆，再也睡不著，在失眠中熬到天亮，情緒紊亂到了極點，但就是下不了狠心不理家明，像家明在夢中不理她一樣。

吳伯母在早餐桌上看到她臉色很差，又心疼的安慰她：「臉色太壞，公司沒什麼事，就提早回來休息。

今天忙不忙呀？」

「忙！」文芳說：「有很多草圖要畫。」

「不舒服就別撐著。」

文芳還是撐著了，一到公司先找秋虹：「昨天晚飯的時候看到妳。在路邊上車。」

「喔！」秋虹紅臉：「我沒看到妳。」

「妳上了部好大的車子。」文芳好奇。

「是的！」秋虹不往下說：「我替妳接翁先生的電話，他一早就打來了兩通。」

「好。」文芳忍不住打了個哈欠。

「沒睡好。」秋虹一邊撥電話，一邊看著她：「妳今天要看工程去哦！」

文芳接過聽筒：「喂，高文芳。」

「早，」家明緊張著問：「吳伯母怎麼說？」

「答應了。」文芳看著秋虹走了出去：「差點把她氣回美國。」

「答應了就好，我來買機票。」

「我自己買。」

「分這麼清楚。」

「我答應了吳伯母的。」

「好，聽妳的。」家明笑著：「爲了感謝妳去香港，我什麼都聽妳的，中午一起吃飯？」

「那你就聽我的，我要利用時間替龐先生畫圖，吃個便當就行了。」

「到香港好好補償妳。這兩天妳可能眞忙一點！」家明說：「我的工程就靠妳呢！」

文芳心裡甜甜的，可又忍不住打了個哈欠！

「再見！」

16

把和家明相聚的憧憬寄放在香港之行，去之前三天時間，文芳有忙不完的工作，翁家明只好利用每天中午空檔到她辦公廳來一起吃中飯，一大堆速食和水果堆在茶几上，看著文芳吃夠需要的卡路里。

「你跟吳伯母這樣內外交逼，我很快就要發胖啦！」

「少廢話，把金園排骨吃了。」家明把排骨送到她面前：「不會賴皮得等人餵吧！」

「不準別人賴皮，自己可真霸道。」文芳推著他的手：「我怕胖⋯⋯。」

兩人正鬧得不可開交了，電話機響了。

「三線翁太太電話。」秋虹趕緊又加了一句：「找高小姐的。」

文芳的心不由自主猛烈的跳著：「翁太太。」

「高小姐。」翁太太很有精神：「打攪妳休息時間，妳忙不忙。」

「嗯⋯」文芳順著氣：「還好。」

「我想約妳一起去我新屋子看看。有個櫃子抽屜大大小小的，我不清楚。」

「好，我陪妳去。」文芳說：「妳什麼時候有空？我順便把臥室的修改跟妳談談，床一加大空間不一樣……。」

「我兩點鐘等妳。」翁太太很高興：「行不行？」

「好，兩點鐘見。」

放下電話走到沙發邊，家明老遠向她伸著手，像個做錯事的孩子，觸犯了心愛的母親，滿臉是乞憐和懊惱。

「你太太……。」

「拜託！」家明急紅了臉：「從今以後，那棟房子是妳跟她的事，我沒有一點意見，我……」他皺著眉發狠：「我不搬進去也可以！」

「你的怒氣眞大！」文芳縮在沙發一角，胸悶和頭痛交集而來。

「妳要我怎麼辦？」

「我能要你怎麼辦？我只是……只是……我的心情不好都不行。」

「妳心情不好是因我而起，我能隨著妳的心情不好？」他握住她的手，冰冷得使他心疼。

「我還頭痛……。」

「又頭痛！」家明大吃一驚，走過來蹲在她身邊，摸著她的頭：「沒有熱度！一定要去看醫生！」

她看著他，急亂慌張的蹲在自己身旁，使她疑夢疑眞。刹那間的氣惱慢慢的消失了，她還要說些什麼，家明已跑了出門，正在向秋虹說：

「高小姐病了，通知我太太下午兩點不能去新房子。回掉其他一切約會，掛三總的腦科。」他又加上一句：「別向任何人提到我。」

「我知道。」秋虹怔怔的看著他。

等翁家明一進文芳辦公室，秋虹特地走到金小姐面前：「翁太太常去看她的新房是不？」

「怎麼？當然的嘛！」

「妳沒有向她提翁先生吧！」

「沒有。好像翁先生並不太關心他的新房子，他好像只關心『翔龍大廈』。」金小姐笑著：「天天來盯那幾張修改圖，妳知道建築界怎麼說？」

「怎麼說？」

「鐵三角。」金小姐說：「龐先生、翁先生、高文芳。」

「也對。」秋虹說：「反正妳記住別在翁太太面前多一句少一句。」

「妳以爲我很笨！」金小姐向文芳辦公廳看了看：「什麼時候把妳的故事告訴高小姐。」

秋虹不再理她，回辦公桌趕快替文芳掛了急診，又打電話回了翁太太，兩點鐘金小姐帶了圖去跟她先談談。一切都安排好了，才按了通話進文芳辦公室。

「…醫院說妳隨時可以去。」

「謝謝妳。」文芳放下電話向家明說：「我頭已不太痛了。」

「既然已安排了，就去看一看，神經性頭痛。」家明注視著她：「我要妳健健康康快快樂樂。」

「你下午不用上班？」

「做老闆的每分鐘坐在辦公廳，職員們做什麼呢？」家明還是撥了個電話回公司，放下電話，他笑了：

「飛機票送來了，妳的呢？」

「昨天就送來了，訂了『帝苑』的房間。」

「不是講好訂『麗京』的嗎？」家明：「又是吳伯母的意思？」

「不是吳伯母的意思。」文芳心情低落：「我眞去給醫生看看吧，常常頭痛也煩人。」

「走吧。」

兩個人下了樓，很自然的開了文芳的車子，文芳頭痛得靠在坐椅上。家明一手操縱方向盤，一手握住她的手，不斷的安慰著她：

「快到了！」他比她還痛苦：「快到了。」

到了三總急診室，做了掃瞄，照了片子，醫生倒很快下了結論：

「沒什麼現象，吃點止痛藥就好了。」

「精神性頭痛？」家明自己從不知什麼叫頭痛。

「心情不好，能引起很多病來。」醫生開著藥方：「出外旅行旅行，工作太忙是不是？」醫生看著她的病歷：未婚的職業女性，他敲了敲病歷：「結了婚，生了孩子反而好了。我一次多開些藥給妳，痛了就吃，不痛就停。」

拿了藥，家明開著車順著基隆路出了台北市。

「到那裡去？」文芳看著車子進了地下隧道。

「去散散心。」家明握著她的手：「醫生說妳心情不好，需要旅行。」

「現在去那裡？」

「爲什麼要有一定的方向，離開台北，看看山，看看水。」

「眞想馬上到香港就好了。」文芳看著眼前逐漸高起的山坡。

「我在這一帶起過房子，過去不多遠，有個瀑布，很不錯。」家明說。

文芳的心情果然好多了，山坡的另一邊是田莊綠野，有飄緲的炊煙和飛翔的白鷺。她指著車窗外說：

「這裡就很好。」

家明在路邊停了車，和文芳併肩靠站在車身旁，讓清新的空氣和瑰麗的夕陽包圍著他們，這裡不是西子灣，但他們有同樣輕鬆而契合的心情，這片山巒像是屬於他們的，那炊煙嬝嬝的人家是屬於他們兩人的家。

「唉！」文芳長長的吐氣：「我要是能有這樣個家也心滿意足了。」

家明把她拉著面對著他：「文芳，妳終於說出眞心話來了。我們不能就這樣下去，我不忍心看著妳憂憂抑抑落落寡歡，自從妳認識我以後，妳變了，變得不快樂，更加不快樂！所以，文芳…。」

「不要，」文芳阻止著他：「我答應過吳伯母，我們只能保持現在的關係。」

「吳伯母！」家明不服：「她到底不是妳的母親！你為什麼都得聽她的？」

「我不會違背她，」文芳說：「她愛我關心我，也許已超過了我母親。」

「讓我來跟她談。」

「談什麼？」文芳苦笑：「我還眞想像不出來你怎麼跟你太太談哩！她那麼相信你，她生活得那麼幸福，她每分鐘想的就是你，你們的孩子，你們的家，好單純，好快樂。你怎麼跟她談！你眞開得了口？」

「我想過很多次了。」家明抱著頭，伏在車身上：「她很善良，她會成全我。」

「你眞狠得下心來？」

「文芳，」他抬起頭來，兩眼通紅的看著她：「生病、頭痛、心痛的不是妳一個人，我已很受不了了，我寧願和她天天吵架，也不願維持個快樂家庭形狀，我裝得很痛苦！比你更痛苦！我只好求個解脫！」

「求解脫就一定該犧牲你太太？」

「絕不可能是妳！」家明猛然的抱住她！「我可以放棄我所有的一切，家庭、事業、財產，只要讓我保有妳！文芳，妳答應吳伯母的，我沒有答應，我的事，我來解決，我不開心，我行屍走肉，都沒有關係，我不能眼見妳痛苦、頭痛！妳還有多少病我不知道呢？」

「可是…。」

家明緊緊的吻住她，不讓她再講話，直到暮色四合，在朦朧的天光裡，他才放開他的擁抱，捧著她的臉說：

「愛情可遇而不可求，是人世間最難得最美的感情，得到的人是要付出代價的！」

他們上了車又往下開，終於到了八分瀑布，遊人已散盡，天上已眨出了星星，他們找了個路邊小店，隨便讓店主炒了點青菜米粉，剝著花生喝著啤酒，文芳有著酒意，興高彩烈，小店中完全沒有干擾，台北的人與事越來越遠越模糊了。她一手支著頭，一手在半空中甩著：

「我…我們來猜拳。」

「來，來…。」家明拍著手：「再拿酒來！」

「你知不知道…。」文芳小聲湊在他耳邊說：「我已經快醉了，不能猜…拳了！」

「妳輸了我喝酒。」

「我不用喝？」

「不用！」

「一…。」什麼？文芳咯咯笑著：「一…二…哈哈我不會猜…。」

「三羊開泰！」家明伸著手指：「我贏了，我喝！」

「該我…喝…。」

酒越開越多，他們的意識越模糊，他們一點也不知道怎麼離開小店回到車上的，家明被悶醒過來，緊關的車門窗使空氣惡劣，他想打開車窗，一動身才感到有人睡在他懷裡，就著車窗透進來的月光一看，他驚震得說不出自己的感覺，他懷中衣不蔽體的女人竟是文芳。他就著月光不敢相信的仔細看著她，美麗的臉上一片安詳，微微的鼻息，睡得好香甜，慢慢的其他的感覺消失了，只有股強烈得不能自己的狂喜緊緊的攫著了他，他忍不住向她親吻了過去。

文芳不願醒來，她感覺得到肌膚的接觸，她告訴自己這個夢很荒唐，比以往所有的夢都要鬼魅，都要不真實，但是她願永遠沉迷在這片虛幻裡，可是強烈的親吻使她窒息，她不由自主的抗拒著。

「不要…。」她吐出了聲音。

「文芳！」家明深情的叫著她。

文芳不由的一陣全身顫抖，整個的清醒了過來，她呆怔著弄不情是夢是眞，她移動著眼球看清了事實，她拿起件衣服遮蓋著自己。

「文芳！」家明急了：「怪我，你怪我好了！」

她脫力似的哭倒在他懷裡：「是我，我明知我不能喝酒！」

「原諒我，我眞醉了！」家明緊緊抱著她。

「我怎麼向吳伯母交代！」

「妳一定要告訴她嗎？」

「我沒騙過她！可是…。」

「妳會…。」

「我會傷害她！」她止住了眼淚，看著手錶：「我們快回去！」

「妳只關心吳伯母，妳一點也不關心我們自己。」

「家明，我…我不後悔。」

「我愛妳！」

文芳不由的笑了：「我知道。」

「妳知道妳愛我嗎？」

「我愛你。」

文芳回到家已是凌晨一點多鐘，吳伯母在客廳裡看著錄影帶。一看她回來立刻關上錄影機！

「才回來？」她看著壁鐘。

「我喝酒喝糊塗了，也沒打電話給妳。」文芳儘量鎮定自己：「妳聞，一身酒味！」

「快去洗個澡睡覺吧！」吳伯母說：「明天一大早程其新就來找妳，我約他來吃早飯。」

「他從美國回來啦！」

「他下午到妳公司去要給妳個驚喜，妳跟翁家明出去了。」

「還有幾個客戶，一起喝酒。」

「就妳一個小姐？」

「是的…。」文芳站在房門口，快沉不住氣了。

「程其新就怕這一點，怕妳中了人家的算計。」吳伯母說：「我倒勸他，妳又不是小孩子。」

「他回來就好啦，叫他以後寸步不離的跟著我。」

吳伯母笑了：「那他求之不得。」她跟文芳進房：「我想了一晚上，我覺得妳會嫁給他。」

「別瞎操心，我誰都不嫁。」文芳進了浴室，向外大聲說：「我就跟定妳了。」

「我可得去睡覺了！」

過了吳伯母這一關，文芳才算定了心，洗了澡躺在床上，車裡的纏綿想不起什麼來，除了那一點胸部接觸的肌膚感覺之外，酒醉中的情形竟沒有一絲印象。

是夢！是眞！

她衣衫不整，坐在床沿，支著一隻腿在穿絲襪，家明一臉搗蛋的偏著頭看著她，她起身追打他，滿房找不到他。

「家明！」

文芳醒了，手捂著口垂頭再把夢境回想一遍。

眞有這麼一天嗎？

多麼甜蜜！多麼逗人的閨房情趣！

17

「鈴！」電話鈴不斷的響著，文芳沉浸在夢境裡迷糊著，等著鈴聲像夢一樣的消失，然而鈴聲持續著，文芳試著伸出手去把電話筒拿在手中，鈴聲戛然而止。「喂！」她醒過來了。心裡甜甜的沖口叫著：

「家明。」

「文芳！」對方的聲音很生氣：「是我，程其新回來了。」

「其新。」文芳這下完全醒了，坐在床上好好的問他：「你的生意怎麼樣了？」

「妳還關心我！」其新說：「托妳的福，沒有全賠，還接了些另外的生意回來。」

「眞的，太好啦！」

「妳剛才醒是不是？」

「被某人的電話吵醒的。」文芳說得甜蜜。

「妳化妝，我去買點燒餅油條來，一起吃早點。」其新說：「快點呀！燒餅油條冷了可不好吃。」

其新不等她回答，就掛上了電話。文芳來不及的竄進了浴室，等她流洗打扮好，開了房門一看，吳伯母和程其新已把早餐佈置好了。程其新頭也不抬的向她說：「眞好福氣，什麼都弄好了，只等妳來吃了。」

「伯母，早。」文芳心情特別好。

「鈴…。」電話又響了起來。

其新靠近接了：「喂，找那位？」

「我…。」對方有些遲疑：「我…高文芳…。」

「翁家明，」其新聽出來了：「我是其新，你等一下。」他把聽筒遞給了文芳。

「家明，」文芳突然紅了臉，她在這聲呼叫裡放了太多的感情。

「我本來想找妳出來吃早飯的。」家明壓低了聲音遺憾著：「他比我快。」

「沒事啦？」文芳不知從何說起。

「我昨晚一夜都沒有睡。」

「怎麼可以！」

「見面談。」家明嘆息著。

「好，再見。」

「中午我有個重要約會，下午我打電話給妳。」

「啊…。」文芳失望著，覺得他突然的在遠離了。

「再見，替我問候他們。」

文芳把問候的話說了，滿心的甜蜜，一下子被這通電話抽盡了，中午，有什麼重要的約會。

其新把豆漿送到她面前：「趁熱！」

趁熱！

昨晚感情發光發熱到了極致，今天早上相視而會心的笑，餐桌上相互勸食的親密，應該是熱度的延續，然而……文芳食不知味的勉強著自己，爲了怕自己太過失態，她讓其新講話。

「談談你美國之行呀！」

文芳心不在焉的吃了點燒餅油條，猜想著家明是不是也在吃早飯。其新的話她一句也沒聽進去，直到其新握住她的手腕問她：「妳在想什麼？」

「你……不是在……談你的生意嗎？」文芳支吾著。

「生意怎麼了？」其新審視著她。

「我不懂貿易。」文芳擦了擦手：「我們走吧。」

各自駕車分手的時候，其新約她中午見面，文芳考慮了一下：「我要趕點東西。」

「晚上替我接風吧。」

「下午通電話。」

她一上午確實很忙，她要在去香港以前把龐老版的設計圖交出去，定心的和家明手牽手的遊遊那東方之珠，多了這份心思在催促著，她的靈感很豐富，『翔龍』的中庭很快的勾了出來，用典雅的線條在庭中畫出個水池，池旁有棵大樹，樹旁有個涼亭，亭中、池畔散放著坐椅，大理石的路面和水池一樣平靜。池的另一邊是塊平整的地面，這該是住戶晨操和孩子日曬的地方。牆邊濃蔭下有兩張懸吊的搖椅，畫中有個少婦抱著嬰兒坐在搖椅裡，一位男士守護神似的站在一旁。她注意的是空間的利用，每寸空著的土地，都是足跡可到之處。而那塘池水，除了清涼視線之外，有散熱的功能。

文芳把角窗設計在廚房中，角窗佔去了一塊後涼台，窗外就是天空，窗下就是中庭，窗內的小桌是早餐和喝下午茶的地方。她在桌旁畫了位半側身的女性，在淡淡的陽光中享受著一室的寧靜。

突然，文芳停下筆來，太安靜了！再二十分鐘就中午十二點了，她的辦公廳裡竟沒有一通電話，她驟然的心慌意亂著，她被遺忘了，被全世界的人遺忘了！她丟下了筆就到了門口，打開辦公廳的門，很多聲音迎面而來。

「高小姐。」秋虹放下手中的電話，站起來問她：「有事嗎？」

「我有沒有事？」

「有，」秋虹對著電話匆匆交代了兩句：「明天我們請人去測量，謝謝。」她拿起一疊紙條進了文芳辦公廳：「妳說妳要畫圖，不希望打攪，一些沒時間性的事，我都讓留了話，等妳有空再回。」

文芳聽著她一件件的訴說著留言，自己企盼的人物一個也沒出現，家明！家明！家明呢？她一陣氣悶，頭部兩旁的太陽穴像被針刺的痛了起來。她不由的靠在椅背上，皺著眉閉起了雙眼，怎麼可能！什麼事綑綁著他不能來一個電話！只要短短的一個電話她就會知道他心中有她！而不是…她不能往下想，正要掙扎著站起身來。秋虹拿著藥的手已到了她面前：

「又頭痛了！這是止痛藥，我經常吃。」她另一隻手又送上杯水來。

文芳看也不看，拿起藥就送進嘴裡，把一杯水也喝了下去。

「休息一下就有精神吃飯了。」秋虹說。

「妳看看這些圖。」文芳指著桌面：「找人趕快把尺寸畫出來。」

「這就對啦！」秋虹看得滿臉光采：「沒有這些不關緊要的電話干擾，簡直太好啦。」她拿著畫走了出去。

專心工作，只有文芳自己知道有多少逃避的心虛，她知道自己受不起失望的打擊，她似乎已預知家明上午以前不會來電話。

現在，頭痛的感覺已減輕了，手腳的冷度也退去了，她該做什麼呢？該做些什麼才不會像個傻子似的兩眼看天花板，滿腦子的胡思亂想呢？

「嘟…。」對講機響了：「翁先生一線。」秋虹說。

就這一剎那間，文芳的心頭明朗了，歡欣的電流暢通了全身，她的聲音裡都有了笑容：

「喂…。」

「文芳…。」家明好像確定了她的存在，吁著氣安了心：「我開了一上午的董事會，剛剛離開會議室出來吃飯，下午還不知要開到什麼時候。」

「那…。」她多麼想告訴他，她是多麼的想見他。

「妳在做些什麼？」他急欲瞭解：「這一天妳在做些什麼？」

「想…你。」她小聲耳語著。

「喔…文芳！」家明激動著：「想我！想我！妳一定要想我！我的天，但願我下午的精神能集中一點，否則在董事會上我就要不知所云了。」

「你好好開會！」文芳說。

「妳呢？」

「我準備去香港。」

「只要再度過明天這一天是不是？」家明高興了。

「『翔龍』的平面圖也勾出來了，現在已在比照尺寸了。」文芳妥貼的告訴他。

「到了香港除了買衣服，就沒有任何事情的壓力了，設計圖交了差，董事會也圓滿結束。」家明越說越開心：「那時的香港，眞是人間天堂。」

「你去吃飯吧。」

「妳呢？」

「我等你吃晚飯。」

「好！」

「順便替其新接風好不？」

「不好。」

「那…。」文芳也希望只和家明兩人相聚：「我約他明天好了。」

「一定要接風的！」家明說：「今天、明天隨妳安排吧！再怎麼說他是我們的介紹人。」

「好，再通電話。」文芳掛了電話：「再見。」

文芳心情特別好，主動的打電話把其新約了，雖然其新才從美國回來，她還是訂了家情調別緻的牛排館，又特地訂了一束花，上面別了卡片，歡迎其新歸來。在搖曳的燭光和嬌艷的花影裡可預卜一個愉快的夜晚。

她決心回家梳洗換換衣服，她在乎家明的眼神，她要得到他的讚賞。把公司的事關照給秋虹，她很快的回了家。

用鑰匙開了大門，客廳裡整齊明朗，一抹夕陽靜靜的照著，她呆呆的站了一會，尋找那守著一室清靜的人。

「伯母…。」她小聲叫著。從廚房到臥房去找吳伯母。

果然在臥房的小書桌前，吳伯母瘦削的背影在伏案凝神寫著什麼。文芳心頭膨脹著愧對與憐憫，這位老年人，遠離了自己的親人，在寂寞的守著她，守著她的心靈與行動，但求早日有個幸福的歸宿，只是吳伯母體味不到她的幸福，也不認同她的歸宿。文芳嘆息著，不知道吳伯母的寂寞等待要到什麼時候。

她加重點了腳步，果然，吳伯母回轉身來，拿下眼鏡看了她一會才笑了：「文芳，怎麼會是妳？」

「寫信呀！」她走了過去，書桌上放著郵件，才寫了個開頭：「給大姐的。」

「她們都關心妳，信呀，電話呀，不停的來問妳。」吳伯母摘下眼鏡。

「告訴她們我很好呀！」

「妳的意思，還是我的看法？」吳伯母站起身來撐著腰：「老了！」

「我也來寫封信給她們。」

「該打個電話是眞的。」吳伯母又問：「這麼早就下班了？」

「我請程其新吃晚飯。」文芳笑著：「回來梳洗換換衣服。」

「有翁家明吧。」吳伯母跟著她走向臥室。

「三個人。」文芳打開衣櫥看衣服：「這些衣服平時穿穿可以，替龐老闆剪彩就不夠⋯正式了。」

「去香港買吧。」吳伯母無可奈何的說：「兩個人的眼光會找出最合適的衣服來。」

文芳儘快的忙碌著，不讓吳伯母對香港之行多發表意見，她自己的意見就夠多的了，一心往香港衝，又有個強大的力量往後拉。

她把自己打扮得光鮮亮麗，吳伯母憐愛的看著她：「早點叫程其新送妳回來。」

「我自己開車。」文芳摟著吳伯母的肩：「妳不出去串串門子，找找朋友？」

「我看連續劇。」吳伯母替她關門：「不要擔心我，難得妳心情好。」

心情好是因爲翁家明，一天沒見，立刻能見面的期盼鼓動著相思，她一舉一動透著興奮。

其新在餐廳門口等著她，替她開車門，她看得出他臉上的倦容。

「你有時差嗎？沒睡好。」她關心著。

「我不放心妳。」其新審視著她，文芳不由的紅了臉。

兩人走到預訂的餐桌面前，一束鮮花已放在桌上，其新高興的吹著口哨：

「我又不是大美人，用得著鮮花嗎？」

「看看卡片。」文芳笑著坐了下來。

「不等翁家明先生來一起看？」其新說。

「我送你的。」文芳說。

「是嗎？」其新高興的打開卡片。

「歡迎

好朋友

帶回來永恆的友誼

文芳」

其新把卡片放在唇邊吻了吻，向文芳笑著：「我只接受『永恆』兩個字。」

「事實上，你比我弟弟們親蜜。」文芳說。

「不要替我定位，我不是妳『永恆』的好朋友，也不是妳親弟弟。」其新指著自己胸口：「我就是程其新，妳的守護神。」

「是嗎？」文芳像問著自己，其新不在身邊眞發生了好多事。

「不用懷疑。」其新說：「我應該一刻不離的守著妳…。」

「你…」文芳話沒說完，手機響了起來，她自然的接聽著：「喂…什麼？…其新…已來了。」文芳把手機遞給其新，自己的情緒急速下降著。

「…家明…不能來！太好啦，我和文芳正怕多你這個大電燈泡哩…再見。」其新收了線，把手機又交給文芳，

「不來更好！」其新笑著。

文芳才接過手機，又響了起來，她慢慢的打開聽機，聽翁家明訴說：

「文芳…原諒我太忙了，我們把一切心願寄望在香港…不要告訴其新，我怕他，他會跟了去。」

「再見。」文芳壓抑著滿腔情愫淡淡的說。

「來瓶香檳…。」其新向招待說：「慶祝翁家明…太忙！文芳…今晚是屬於我們兩人的！」

香檳、鮮花、燭光，其新握住文芳的手：

「我感謝妳的安排！」

18

高樓聳立在藍天白雲間，船舷破開深藍色海水，激起層層白浪，維多利亞海峽，美得惑人，文芳迎風站在船頭，和身旁的家明談著台北的家，文芳不放心吳伯母，家明自告奮勇，立刻要回台北。

「不…。」文芳拉住他。

家明鬆了手，飄落在深藍的海水中，漸漸沈沒…

「家明…!」

文芳叫醒了自己，從床上猛然坐起來，她手捂胸前的怔住了，嚇怔了!自從結識家明，夢境不斷，唯有今晚的最清晰，大樓，海天的顏色，船頭的微風，耳畔家明的聲音，清楚得就像剛才的事。文芳記得家明沈入了大海，她心驚得發疼，她怕夢境成眞，家明對她講過維多利亞海峽的美，他一趟趟的來往在輪渡上，而在夢裡，他…竟然沈到海峽裡去了!香港之行有凶險嗎?

她輾轉反側著不能再睡，離天明還早呢?還有二個多小時的煎熬才能起床，否則…又要驚動吳伯母了!她在夢境中擔心著吳伯母，自己到香港去了，把個老人孤伶伶的留下，一心想著到香港去和家明歡聚，在陌生的地方相依相偎，直到從惡夢中醒來才牽掛起吳伯母來。文芳難過的流著淚，太多分不清的夢境和眞實，攪得她思想如萬馬奔騰，一匹也牽不住，她恨不得飛身到天俊墓前，問問他給自己安排了些什麼處境。

「天俊，我應該只守著你是不？」

她開了床頭燈，把床几上天俊的照片拿到眼前。

「天俊…。」她淚眼模糊的叫著他：「你怎麼連夢都不給我呢？告訴我該怎麼辦！天俊…我不該愛上翁家明是不？可是我眞愛他…那種魂牽夢想，乍喜乍憂，勝過…我們相處的愛戀，我們的情感發展得太順利了，你在我身邊是最自然的事！天俊！直到你永遠的離開了，我…痛不欲生！但是，天俊，那不同相思纏綿！失去你，我撕心裂肺的痛，可以和你一起去，不是現在這種丟不開、剪不斷的難纏！我變了！對不起你的山盟海誓！對不起你母親的百般愛護！天俊！我怎麼辦？」

她是被吳伯母叫醒的，她在身心交疲下睡著了。吳伯母拿開她胸前的照片，擦著她眼角的淚痕。

「起來吧，妳不是坐第一班飛機嗎？」

「吳伯母…。」文芳仍縈迴在夢境的念念心懷中。

「先漱口吃早飯，行李都整好了。」吳伯母拉著她：「吃早飯再化妝。」

「我不在家，」文芳心酸著：「妳一個人怎麼辦？」

「我等妳的電話，等妳回來。」吳伯母把她往浴室推：「事兒多著呢。別擔心我，衹有我不放心妳的份。」

文芳漱著口，仍分不清是夢是眞，吳伯母果然是心頭的牽掛。

在吳伯母的叮嚀張羅下，文芳準時上了家明的車，車中只有他們二個人，文芳的心情出奇的振奮著，像個孩子出遠門似的，勇往直前、無憂無慮，行色助長著情緒，她坐在飛機上仍雀躍著，直到…

「翁董事長，眞巧，同一班飛機。」年輕人看著家明握著文芳的手，向文芳也點頭招呼了下，才走了過去。

文芳下意識的抽回自己的手，問家明：「這人…是誰呀？」

「我不記得了。」家明說：「怎麼？」他又拉回她的手。

「其新曉得了，不得了。」文芳瞞著其新和家明到香港，現在覺得更不對了。

「文芳。」家明知道她的心意，輕聲勸著：「我們講好的，天大的事，也不要放在心上，破壞了我們的香港遊，在飛機上碰到熟人，在香港也會碰到熟人啦。眞的到處帶著其新嗎？我們眞怕什麼嗎？依著我，我早就和我太太…。」

「別說了！」文芳心情七上八下。她覺得自己眞的變了，眞不知道自己在做什麼了！她是這樣的人嗎？什麼樣的人呢？

「文芳，」家明說：「我心中只有妳，爲了我們能在一起我什麼都不放在心上。」

這話文芳聽得進去，自己的行爲只向自己負責，而家明要向很多人負責！吳伯母都不管她，可見她沒什麼可被議論的。其新…她突然有點好笑…其新像她的父親，呵護得過了頭。

文芳的微微笑容，使機艙中頓時成了天堂，家明高興得神采飛揚，在要飲料的時候要了香檳。

「從現在起，我們全喝香檳。」

「我會醉…。」文芳有點臉紅，和家明在一起特別容易醉。

「怕…什麼？」家明湊近她耳邊輕聲問。

「怕…。」文芳想到昨夜的夢，那不是個可怕的夢嗎？她緊緊的握住家明的手，她不能像夢中似的眼看著他…「我們不要坐輪渡好嗎？」

「好…。」家明也緊握著她的手…「可…爲什麼？」

「你答應了吧。」文芳說。

「可以…。」家明笑著：「兩夜三天，我們只在『帝苑』附近逛逛。香港不重要，重要的是我們在一起。」

在機艙裡相依相偎的時間一長，文芳的心情越來越輕鬆，她珍惜著這片刻即永恆。當她腳踏香港土地時，她眞覺得自己換了一個人，一個全身充滿戀愛的女人。她沈醉在家明的身旁，對這似陌生又似相識的香港沒有太多感覺，所有的香港都變成了家明。他們一同住進了『帝苑』，自然得像對結婚多年的夫妻，一進了房間，戀愛的感覺更熾，兩個人一起倒身在床，熱烈的擁抱與親吻。

酒醉後在汽車中有了關係，在文芳的記憶裡比夢境還不眞切，每次想起來分不清是悔是遺憾。答應家明到香港她要記住兩人間親熱的每個細節。她記得在入浴時，略帶羞慚的脫了衣服，當彼此袒裸相對時，她只覺得自己在熱騰騰的浴室裡，體內體外都熾熱著，熾熱到昏迷，在半暈眩中，她是奔放的，像放開了的水閘，奔流到了大海，她緊緊的攀扶著家明，他們是呼吸相應，生死與共的。當他們清醒的躺在床上時，早已過了午飯時間，兩人在枕上凝視著對方，確信剛才的激情是屬於他們兩個人的。家明摸著她的腹部：「餓了吧…。」

「你也餓了。」文芳笑著，在飛機上沒有吃東西，商議好到香港吃廣東點心，那曉得…

「我們叫東西到房裡來吃。」家明說。

在旅館房間裡，叫來的餐點並不重要，重要是香檳和彼此之間的隨意，沒有一點化粧的文芳更年輕而有韻味，穿著短褲的家明使文芳一直好笑。

「笑什麼？」家明問。

「我喜歡穿衣服的你。」文芳笑著。

「是嗎？」家明站起身來又把文芳抱上床：「我一定要讓妳喜歡…。」

他們從旅館出來已是黃昏時分，街上處處是擁擠的人群，他們在『新世界』喝咖啡，商議著歡度夜晚時光。

「我們是買衣服的。」文芳說。

「明天。」家明說：「我是最佳顧問。我們到半島去吃晚飯。」

「有乳鴿嗎？」

「不會太道地，明天去沙田吃乳鴿。」家明對香港很熟悉。

從夜遊回旅館，兩個人手牽手的走在長廊的地毯上。文芳突然向家明說：「我知道蜜月旅行是什麼回事了？」

「我們的蜜月旅行只到香港嗎？」家明說：「歐洲…巴黎，布達佩斯…。」

「感覺一樣…甜蜜。」文芳說：「重要的不受打擾，一天二十四小時，只我們兩個人。」

兩人相親相擁的開了房門，關上門，家明正彎腰要把文芳抱起來，這才看到門口地上有個小信封。

「有人找！」家明不由的心驚著，打開「留言」條一看，他不由的白了臉，他的秘書在找他…。

「翁家明董事長：太太急診送到榮總，病房號碼七樓六床。台北許玲」

家明白著臉看著文芳。

文芳說：「快打電話吧。」

家明請接線生接病房，他坐在床頭，一臉的驚怔，滿心像有千萬隻螞蟻在竄動，額頭的汗不由的滲了出來，他茫然著，似乎忘了文芳正坐在他對面。

「鈴…。」家明抓起了電話。

「翁先生，」接線小姐說：「電話接通了，請講話。」

「喂！我是媽媽…。」是岳母：「秀晴大出血，你在那裡…。」

「我…在香港…。」家明一聽大出血已嚇了一大跳：「大出血…。」

「好像要流產…醫生說明天…我也弄不太清楚。」岳母說：「我讓秀晴和你說話…。」

「喂…。」家明說。

「家明…。」秀晴哭得傷心：「我要這個小孩…。」

「秀晴妳…。」家明不知道怎麼安慰她：「…妳大出血啦！」

「嚇死我啦…。」秀晴哭著：「你什麼時候回來，你跟醫生說，叫他替我安胎…。」

「安胎…。」他恨不能立刻到她身邊，他們一直想再要個孩子的：「我馬上回去。」

「你…眞的能回來？」秀晴聲音裡有了喜悅：「生意不要緊。」

「好好休息…媽媽陪妳呀？」

「人多著呢。」秀晴說：「妳媽媽才回去，人來人往，煩死了，還有位特別護士。」

「好！好！」他放了心，莫名其妙的掛斷了電話，可是一抬頭看到文芳慘白的臉，他不由的滑下床沿，跪倒在她跟前：「怎麼辦？」

「妳太太流產了…。」文芳顫抖著聲音：「你還不趕快回去。」文芳流著眼淚，淚眼迷離中，家明像沉浸在維多利亞海峽裡，她恐懼著，爲什麼會有那個夢，爲什麼有今天這個事實。

「文芳…妳說呢？」家明像在碧藍的海水中伸手叫著。

「我…。」文芳不知置身何地。

「一起回去好不？」

「我跟大家全說好了，突然回去，什麼回事呢？」文芳看清了家明的臉，痛苦惶恐得變了形，她有點同情他：「你一個人回去吧。」

家明脫力似的回到床上，膀子遮著臉，無臉見人。他能把文芳丟下嗎？丟在這間親熱纏綿的房裡，丟在甜蜜醉人的香港，家明迷糊了一陣，翻身坐起，在陌生的房間裡找到文芳。她還是穿著出街的衣服，對著窗子坐在沙發上，窗外是一條長街直通燈光繁華的對岸。他下了床，坐在另一張沙發上：「…我大概暈過去了。」

「你太太的孩子幾個月了？」文芳實在沒有看出她的懷孕現象。

「不太清楚…。」

「她什麼時候告訴你，她有了孩子的？」文芳似乎在整理自己的思想。

「一…兩個月吧…。」家明不能確切的記得日期，只記得聽到喜訊的失措，那時候，他確知已認識文芳了，甚至愛著文芳了。

「我一直不知道你有幾個小孩。」文芳苦笑著。

「兩個女兒。」家明說。

「幾歲了。」

「大的十歲，小的五歲。」

「我們瞭解得太少了。」文芳感嘆著。

「我…我一直在營造一個只有我們兩人的空間，」家明說：「這些事講它幹什麼。」

「我們有兩個人的空間嗎？」文芳有點激動：「如果還趕得上班機回去，你已…走了。明天一早你不趕回去嗎？」

家明站起來，呆怔著回答不出話來，他已決定明早第一班飛機趕回去的，可…文芳怎麼辦？一起回去？

「文芳…。」家明突然靈機一動：「妳替我拿個主意。」

文芳看著他，眼前是個陌生人，陌生的生意人，多精明，她默默的注視著他，希望能把現在對他的感覺印在心底，日日夜夜的記住他的…。

「文芳…。」家明被她看怕了，毛骨悚然的又蹲在她面前，「我們照原定計劃，晚兩天回台北…我們…。」

「晚兩天和明天沒有差別，你太太病在醫院裡，你還有什麼心情，還能是原來的計劃？」文芳笑著：「我們原來的計劃裡面有這段嗎？」

家明頹然坐在沙發上，心裡亂成一團，他弄不清楚他的感情他的心懸在什麼地方，他不再是個獨斷獨行的人，他幾乎不是個做事業的老闆…只要…。

「文芳…。」他微弱的聲音說：「只要妳一句話，我就留在香港。」

「你回去吧！」文芳說：「你滿懷心事的留在香港做什麼？」

確是沒有留下來的道理，家明替文芳難過，他走過去把她抱在懷裡，他能爲她丟下一切嗎？

「等我把一切安排好了…。」他吻著文芳的額頭：「這麼一來，我知道我要更加快的安排了。」

「早點睡吧，明天早點起來。」文芳推開他躺到床上去。

「文芳…。」他扳著她身子：「我到酒吧去坐坐，妳先睡吧！」

文芳未置可否，聽到關門聲，她哭倒在枕頭上。

身邊有很多人，家明在跟別人說話，一眼看見她笑了笑瀟灑的向她擺擺手，走了開去…

「家明…。」文芳追著叫他…他走遠了。

「家明…。」文芳把自己叫醒了，她翻身坐了起來，四處搜尋著家明的身影，家明不在房中，他一定還在酒吧裡面，可是！文芳恨自己，她剛才看著他，祈禱著他遠離她的心身和夢境，怎麼會…他仍然悄悄然的來到她夢中，瀟灑的微笑著，那麼輕鬆，那麼毫不在意。

「我怎麼得了！」文芳哀戚的看著空蕩蕩的房間，昨夜的纏綿熱烈已蕩然無存，只有無限的尷尬難堪在纏繞著她。

她推起手腕看了看三點半鐘了！自己不知如何沉睡過去，而家明，她確定他是不會再回房了。除非他明天不回台北。自己眞希望他是個不管妻子死活的男人嗎？結婚十多年，爲了個相識兩三個月的女人，就變心變情變惡毒！

文芳在房中坐立難安，來回徘徊，左思右想，反覆推敲…。她突然在窗前站定了！何必等家明拿主意表態呢？自己就沒有一點主張嗎？事實上，爲了自己，翁家明才有這深夜的煩惱困惑，他有完整的家庭，成功的事業，他現在多餘的竟是自己這份些微的戀情。

只是自己呢？尤其是經過了昨夜的親密，她丟不開這份感情！她矛盾著，希望家明早早回來，不要把她一個人孤伶伶的丟著。

五點鐘了！家明才輕輕的打開房門，一夜沒露面，他憔悴疲憊，他紅著眼看著文芳：

「我想了一夜…。」他拉住她的手：「我們一起回去，我需要妳隨時在我身邊，我伸手可及的地方，今後我們要共同面臨很多難題，我們需要一致的心意和行動。」

「我需要冷靜冷靜。」文芳抽回自己的手，她好不容易渡過了漫長的一夜，還有精力去面對面前重重難題嗎？「我按原定的時間回去。」

「求求妳！」家明急得六神無主。

「你在勉强我！」文芳說：「我要買衣服，我不要去看你太太…。」

「妳爲什麼要去看她？」

「禮貌！」文芳說：「她是我的客戶。」

家明沉默了，動作遲疑的整理著行李，拎著箱子看著文芳，心中五味雜陳，默默的轉身，開了門又看了看文芳一眼，走了！一如夢境！

19

文芳在維多利亞海峽，藍天碧海，白浪擊舷的船上來回了不知多少次，體味著自己的夢境，是似而非之間總找不到心中的期盼，夢中的家明已在妻子病榻邊安慰病情，自己在船邊傷神思念情何以堪，她突然覺得一陣困倦，一夜未眠，家明一離開，自己也走了出來，沒吃一點東西，沒喝一口水，她終於在九龍天星碼頭下了船，步履闌珊的到『麥當勞』先去吃點東西，一個人坐著看著香港的人來人往，人人都比她精神煥發，神態安詳。她這才想起，自己是頭沒洗臉也沒洗。可以想見有多狼狽！

『麥當勞』使她多了份精神，她坐上計程車回旅館，有漫長的一天等著她休息哩，洗了個澡，她躺到床上想睡，這一躺下，思緒更泉湧，輾轉反側不能休息。她坐起來喝了杯咖啡，對著香港的夜景發著呆。從小到大很少一人獨處，這個空檔讓她好好追憶以往，自己的往事很簡單，和吳天俊的相愛到失去他，其他的沒留下什麼痕跡，她考慮著是不是擁抱著天俊的回憶，渡過此生，翁家明這樣的插曲她受不了！在天俊面前她是仙女是公主！翁家明竟讓她受了莫大的羞辱，委身相向，第二天斷然而去，自己算是個什麼人呢？自己魂牽夢繞的是份什麼樣的感情。

文芳在沙發上睡著了，直到敲門聲把她吵醒，她搖搖晃晃的走到門前，才想起外面門把上已掛了『請勿打擾』的牌子。會是誰呢。

「誰?」

「文芳,」門外提高了聲音:「是其新。」

文芳不假思索的就打開了門,看到其新衣飾整齊,文芳才意識到自己的蓬頭垢面,已經紅腫的眼眶不由自主的流下淚來,其新大步走進來,抓住她急欲逃脫的身子:「文芳!」他兩手抓著她的手臂,暗啞的嗓子滿是憐惜的問:「怎麼把自己糟蹋到這地步!」

文芳扭著身子迴避著他的眼光,經過鏡子一照,把自己給嚇怔住了,鏡中那形容不堪的女子,半瘋半痴的,會是自己嗎?其新圍著她的肩,送她到沙發上,順手替她理了理頭髮,五官都似乎變了形,只有那輪廓美好的臉,清秀依舊。

「是翁家明叫我來的,」其新坐在另一張沙發上:「我來陪妳回去。」

文芳沉默著說不出一句話來。其新看了看她的神色:「吃了午飯沒有,快到晚飯時候了,妳一定餓壞了。」他端詳著文芳,想了想說:「我叫東西到房裡來⋯⋯。」

「不!」文芳失聲叫著,倒把其新嚇一跳。

「那妳梳洗一下我們樓下去吃。」其新說:「我看妳是餓壞了。」

「我⋯吃不下⋯⋯。」文芳儘量鎮定著自己,到房裡來吃,重溫昨日舊夢嗎?

「文芳,先洗個臉梳梳頭,我們出去走走。」其新說:「街上熱鬧極了,妳關在房裡解決得了什麼問題。來！」他伸手拉她：「我一直以爲妳很堅强哩！」

文芳進了浴室，不多久出來，蓬鬆的頭髮向後梳著，臉上脂粉不施，倒更顯得兩條秀眉，兩雙漆黑的眼睛，嘴唇淡得沒一絲顏色，開口一說話，閃閃的露出白亮的牙齒：「走吧。」

其新倒笑了：「精神了。」開了門，把門鑰匙交到文芳手中：「我住在 21 樓。」

坐在中餐廳裡，其新特地叫了雞湯，其他的菜也以鬆軟爲主，文芳喝了點雞湯就什麼也不吃了。

「家明的太太實在病得…。」其新找話安慰她。

「我不想聽…。」文芳說：「謝謝你來找我。」

「也對，等下我們到那裡去看夜景？」其新笑著：「『麗晶』好不？」

「不看了。」文方說：「我恨不得馬上離開這個地方。」

「來得及呀，」其新說：「退了房去機場，準趕得上飛機。」其新又笑：「妳的衣服還買不買呢？」

「衣服？」文芳早已忘了，一下子台北的一切立刻回到她面前，心灰意冷解決不了問題。

「龐先生開工的帖子已經發出去了，電視新聞也稍稍的播報了一下，妳是重點人物之一。」其新說。

「穿件平常的衣服就可以了。」文芳說，其實到香港來買衣服多少是個藉口。

「妳有旗袍嗎？」其新問。

「沒有。」文芳說：「到台北買一件。」

「妳的意思，明天一早走還是馬上走？」其新問。

「明天一早。」文芳突然改口說：「不！按照原來的計劃，明天晚上回去。」

「也好，我問了吳伯母，她也說妳明天晚上到家，突然提早了，得解釋半天。」

「你打電話⋯找吳伯母了？」文芳發急。

「她說妳出差去了。」其新說：「妳出差，我應該知道，可是吳伯母什麼都沒說，我相信她什麼都知道。眞像⋯事情是家明告訴我的。」

「他不應該是不？」這是文芳一直耿耿於懷的。

「你們的事⋯。」其新有點難堪：「我不是個參與者嗎？少了我行嗎？」

文芳低下頭去，有些事可以猜想，可以懷疑，現在翁家明把事實清清楚楚的搬到其新面前了！透明得比文芳和天俊的關係更徹底。

其新握著她的手：「不要怪翁家明，他已六神無主了。我認識他有段時間了，這次他來找我，我⋯。」

其新突然想到，文芳也變了個人似的：「我們還是出去走走，散散步⋯。」

「我一夜沒睡。」文芳精疲力竭，她怕自己要病了。

「好，」其新說：「多休息。」他結了帳，陪著文芳到她房門口，又寫了個紙條給她：「這是我的房間號碼，有事找我。」

文芳踉蹌的走到床邊，脫力似的伏倒在床上，哽咽著差點昏過去，自己在其新面前，一向高高在上，今後怎麼跟他相處呢？文芳陷於空前的困惑中，翁家明，就因爲翁家明，會給自己這麼大的改變。尷尬、難堪。

文芳睡得很不好，從淚跡中醒來，已是中午時分，她餓得想吐，這才想起程其新來。她趕快給他撥了電話，其新的電話在佔線，她又試了試他的手機，手機通了：

「程其新。」他報著自己的名子。

「其新，是我，」文芳說：「我睡過頭了。」

「化妝了嗎？」其新說：「我過來接妳去吃飯。」

「馬上就好。」文芳快速的沖了個澡，梳了頭洗了臉，一點也不化妝，換了身衣服，其新已經在敲門了。

文芳的手挽著其新走在旅館的走廊上，還是覺得有點暈眩，兩夜沒好睡，連夢也少了，她有點恍然若失。

「剛才家明打電話來。」其新試探著說了一半。

「我餓得直冒酸水了。」文芳不願聽。

「輕輕鬆鬆吃頓飯，我們也該去機場了。」其新笑著：「好在我的客戶到南部去了，我還有點空。」

「你那裡有空，做貿易的。」文芳說：「分分秒秒都要全神貫注。」

「我用的人很好，」其新笑著：「成了家立了業，都戰戰競競守著份工作。」

吃了飯，文芳精神好多了，沒興趣往外走，換了個咖啡座，兩人對坐著。

「翁家明…。」其新說。

「其新，拜託，」文芳紅著臉說：「我們之間只有這一個話題嗎？」

「我們來談戀愛。」其新笑著：「文芳，我喜歡妳現在的樣子，清純得…。」

「這世界上清純的人太多了！」文芳說：「這兩個字快成爲古字了。」

「太偏激！」其新說：「我眞怕以往甜蜜的文芳成個偏激狂人！」

「受了刺激，能不偏激嗎？」文芳像是在問自己：「我眞不知道我在做些什麼？」

「妳沒有離經叛道到十惡不赦。」其新說：「我跑這一趟就是知道妳的本質沒變。妳受的那點刺激，也許連提都提不上，只能說事有湊巧，其他都談不上。」

「談不上！」文芳微弱的說：「我都沒臉見人了。」

其新低下頭去，想了想，抬頭凝視著她說：「我說實話，妳別生氣，如果家明太太沒住院，妳和家明回台北還見我不見？」

文芳一下子的瞪大了眼，羞紅了臉，不可置信得看著他：「你是…。」

「妳是傷了感情，」其新嘆了口氣：「感情的事沒什麼過不去的，像天上的雲一樣，變化無窮，沒個定數，我倒喜歡香港的夜景，固定的，總是燦爛奪目，就連大颱風來了，它都挺著。」

文芳定定的看著他，好像換了個人，原來他年紀輕輕的，會有這份深沉，文芳不由有些感動，笑著向其新說：「還有時間嗎？」

「五點鐘的飛機…如妳有興趣，買件衣服都來得及。」其新說。

「我們出去走走。」文芳說：「悶在房裡心都狹了。」她想起了吳伯母。

「好啊！」其新說：「我辦好退房手續，時間差不多了就回來拿行李去機場。」

他們避開馬路，走到河旁的『河濱公園』，有風吹得文芳頭髮飛舞著，其新不時的替她整理著，海岸裡大小船隻往來穿梭，綠水白浪，陽光透亮，對岸香港大樓層層疊疊，莊麗宏偉，海岸有人垂釣。兩人站著看了一會，居然釣起隻小魚來。

「哎呀！」文芳叫著。

「妳釣過魚嗎？」其新挽著她頭髮，海鷗飛處，白浪濤濤，藍天白雲，身後是『新世界旅館』在在美不勝收，但他的心裡只放文芳身上。

「沒有。」文芳說：「那個魚好可憐，爲了一口食物，就成了人們的食物了，那麼小，放了多好。」

「走吧，」其新說：「妳累不累？」

「不累，吹吹海風，人倒清醒多了。」文芳說：「這個地方散步眞好，沒有車，只有人，或慢跑健身的人。」

「最好的是人並不多。」其新說：「跟彌敦道是兩個風味。」

「去彌頓道吧。」文芳心血來潮，她忘掉了很多人與事。

在『麗晶旅館』旁邊走出『河濱公園』，正要過馬路，突然看到馬路的花圃石園上坐著好些中外人士。

文芳說：「我們也去坐坐。」

他們找了個對著彌頓道的石園坐下，從『半島酒店』和『喜來登旅館』間，直直的看盡了彌嶺道的風光，車水馬龍，高樓聳立，行人道上人潮洶湧，磨肩接踵，聲勢驚人，文芳手捂心頭的說：「就在這兒坐坐吧。」

「要不要到『半島』去？」其新問。

「我第一次坐在大街上。」文芳說：「要不是有別人坐著，我眞不敢，就坐在這兒吧，看看現代的『清明上河圖』。」

「看看半島的裝潢！也值得的。」其新說。

「我有些領略，香港旅館，精緻而有創意。」文芳說：「下次我專門來一趟。」

「我陪妳。」其新說：「在我們的『河濱公園』散步。」

「我們的？」文芳笑了。

「我第一次走『河濱公園』，相信妳也是。」其新說：「這不是我們的嗎？我再不和其他的人逛『河濱公園』。」

「其新，我懂，這個要求我做得到。」

「拉個勾。」其新伸出小指來。

文芳笑著和他拉了勾，其新趁勢親了她的面頰，兩人開心的回旅館到『赤臘角』飛機場。時間趕得正好，剛好排隊登機。在飛機上文芳累了，飛機一起飛，她就靠在其新肩頭睡著了，其新沒讓空中小姐打攪她，飛機降落的震動，她才從其新肩頭抬起頭來。

「我一直睡呀？」她憐愛的撫摸著其新的膀胛：「酸了吧？」

「妳多揉兩下就不酸了。」其新笑著拂開她的頭髮：「這才是害死我了，搔得我癢死了。」

「我要好好請你。」文芳說。

「不夠。」其新說：「妳知道我的心意和…企圖。」

「唉！」文芳說：「值得嗎？」

「這得由我來衡量決定。」其新一邊解開安全帶，一邊說：「我不能讓我改變心意，妳也不能！」

「唉！」文芳嘆著氣，她不能告訴其新，睡在他肩頭時，她夢到…

家明在彌敦道上向她招手。

「不准嘆氣，回到台北有一大堆事等著妳。」其新說：「什麼事都先拋開，事業第一，打起精神來！」

他這片幫助她的做法和心態，一直持之有恆，她用含淚的眼光看著他，看到他低頭收拾行李的項脖，整齊的頭髮，健康有勁的膀子，白襯衣，藍西裝，其新眞是個俊美的男子，只是他出現在天俊出事不久，正是她心如止水的時刻，她對這個比她小的男人，竟是視若無睹的，尤其他從未在她夢中出現過。

一出機場閘門，他們就看到翁家明向他們舉著手，文芳意外得不能動彈，他怎敢明目張膽的來接飛機，突然她覺得其新在攬著她的腰，狀至親密。

翁家明的『賓士』摒去了司機，由他自己駕駛著。他先感謝其新，又向文芳說：

「由來好事多磨，文芳，我用下半輩子償還妳。」

「我聽到了。」其新說：「嫂夫人出院了沒有？」

家明半晌回不出話來：「出院了。」

「文芳，」其新說：「明天我陪妳去探望翁太太。」

一路上文芳沒有一句話，下車時也沒向他們道別。回到家中，吳伯母在一桌子菜前等著她，她哭倒在吳伯母懷中。

吳伯母拍著她背：「別哭，沒有過不去的事。」

20

翁家明懷抱著新娘子似的抱著他太太，輕輕的放在床上，一直起腰來看到床旁邊的文芳，突然間消失不見了。

「你…」文芳撲過去追他。

原來自己在床上掙扎，那有翁家明？那有他太太！香港的失意傷心，回來時的決心，總逃不過夢中的翁家明，昨晚和吳伯母哭訴了半夜，吳伯母沈默著讓她盡情發揮，直到文芳上了床，吳伯母都沒有說什麼，在替她蓋被時說了句：

「我越來越相信天堂和地獄都在人世間了。」

文芳儘量的清理著頭腦，其新的話是對的，她現在不把精神寄託在事業上，豈不更空虛痛苦，看看床頭鐘已是該起床的時刻，她輕手輕腳的整理著文件怕驚動了吳伯母，梳洗化妝時鏡中的自己雖經過傷痛連連，竟仍然是清秀美好，眉眼帶愁，含情默默，皮膚光澤，挺挺的鼻子，豐潤的嘴唇，和她所見的女性比起來算得上出色美好。她又要嘆氣，強壓著，穿戴好，拿著公事包，不能再吵得吳伯母睡眠不足了。可是她才步出房門，吳伯母已坐在早餐桌上等著她了。

「伯母，妳又沒睡好。」

「怕妳餓著。」吳伯母笑著：「我得看著妳吃。」

「我還眞餓了。」文芳放下公事包，坐好吃早飯。

「文芳，」吳伯母說：「今天妳還會看到翁家明，想好態度沒有？」

「生意上的夥伴行嗎？」文芳有點臉紅。

「現在時代不同了，」吳伯母說：「我每天在家看電視報紙，對人品的要求尺度已完全和以往不同了。我們就適應環境一點吧。誰還講究那麼多呢？」

「妳是在開導安慰我，如果我…妳不會這樣說。」文芳說。

「沒有禮義廉恥的機會，也很難做人。」吳伯母說：「我們就隨和一點吧！說得白一點妳是天俊的人，天俊得到妳的那天，回家樂瘋了，他竟想不到妳是個處女。」

「那…以後就不重要了？」文芳低著頭不敢看吳伯母。

「沒那麼重要了。」吳伯母說：「我是這個看法，所以一直把妳看成家裡人。」

「我懂了。」文芳說：「當翁家明是個生命中的過客吧，我會以夥伴的心態去面對他，我有把握了。」

「去上班吧，」吳伯母說：「我去睡個回籠覺。」

一路上文芳心情出奇的平靜，吳伯母的一席話使她開朗了很多。到了辦公廳，小妹就迎著她說：

「翁先生和龐先生在妳辦公廳裡。」

文芳調了調氣，勉強帶了點笑容，微笑著走進辦公廳：「早。」

「啊呀！」龐先生站起身來握住她的手：「去了趟香港，容光煥發，精神特別好呀！我們的開工典禮這就成功了一半！」

「請坐，」文芳加深了點笑容，自己也在主位上坐下。

她以同樣的態度對付著龐老闆和翁家明。

翁家明繃著臉，一聲不響，把所有發言權交給了龐老闆，他已看出文芳對他生分的態度，他疑心和其新有關，難道！他趕快打住自己的想法，文芳絕不是個人盡可夫的人，其新也不會趁人之危，沒一點道義。竟會在香港的一夜做出對不起自己的事！

就在翁家明胡思亂想著時，龐老闆已在和文芳討論那天開幕典禮的程序如何，有多少貴賓，有多少媒體。

「這是程序表和新聞稿。」龐老闆說：「我相信妳能表現出色，到時候，我派車子來接妳。」

龐老闆看看手錶，站起身來說：「我們鐵三角正式向外公佈了。妳忙，我…要先走一步。」

文芳往外送客，在電梯口，翁家明默默的注視著她，連個再見都沒說。文芳回到辦公廳，臉上的笑容頓時消失，她向小妹說：「叫秋虹進來。」

「秋虹還沒有來。」小妹說。

「去工地了？」

「沒有電話來，不知道去了那裡？」

「她一來告訴她我找她。」

文芳坐回辦公廳，研究龐老闆禮貌的親自送來的文件，在那個大場面中，自己似乎不需要多費精勞神，只要表現得體就行。她把這些先放一邊，研究龐氏新大樓的各式圖表。

突然她的手機響了起來，是翁家明：「我約了其新中午一起吃飯好嗎？」

「公司裡有很多事，秋虹又沒來，你們兩人吃吧。」文芳說：「中午我不出去了。」

「那麼…妳什麼時候有空？」家明問。

「我一有空就去看妳太太。」文芳說：「吳伯母說小產和生產一樣需要…。」

她的話沒講完，翁家明就掛了電話。

文芳怔忡了半天才又開始工作。她走到外面大廳，問小妹：「秋虹有消息嗎？」

「沒有，很多人來找她哩。」小妹說。

「中午去她家看看。」文芳說：「太奇怪了！」

中午文芳吃了個便當，心情低落的靠在沙發上休息，正感到一陣睡意迷朦，其新打來電話：「吃過了嗎？」

「我在休息。」

「我剛才和家明分手，他說這個時提出…。」

「我不想聽。」文芳說：「今後我跟他只是夥伴關係，我需要知道他夫妻生活的點點滴滴嗎？他想怎麼樣在香港已決定了。」

「我不會介入他的事，我不會勸妳，我們都是成年人，知道自己做什麼，要什麼？」其新：「典禮那天需要我陪妳嗎？」

「龐老闆會來接我，」文芳說：「你到場就好了。」

「衣服準備好了嗎？」

「有了。」文芳說：「越簡單越好。」

「我怎麼對翁家明說呢？」

「你比我口才好。」文芳說：「好在都是事實，也許什麼都不要說。」

「我已告訴他，我們在香港的一切了。」

「他管得著嗎？」

「總是他要我去的。」

「隨便吧。」

掛上其新的電話，文芳完全失去了睡意，她打手機給小妹：「找到秋虹沒有？」

「我還在秋虹…房裡，她媽媽說她早上照常去上班啦，只是她關了手機，一時找不到人。」

文芳腦中忽然閃過一個鏡頭，在一個燈光暗淡的街邊裡，秋虹坐上了一輛大車，她又坐上那輛大車了！

「問問她媽媽，秋虹有沒有男朋友？」

等了一會，小妹說了：「問了，沒見過有男朋友，只是很努力工作，常常加班。」

「妳回來吧，」文芳說：「拜託她媽媽一有消息就和我們聯絡。」

「我把手機號碼也給了她。」

秋虹的事使文芳心神不寧，現象太反常了，秋虹幾乎是個全勤的職員，只是…她倒不常加班，下班後她到那裡去了？秋虹沒做好的工作！文芳拿過來做，又想到吳伯母在家等她，她只好關了大門下班了。

她忽忽走到停車場，她的汽車旁赫然靠著高大的翁家明，她猛然站住了腳，停車場裡車子走了一大半，只有她和翁家明對站著。文芳終於慢慢的走了過去，文芳離翁家明還有兩步，翁家明就雙膝跪地，直直的看著她說：「妳再不理我，我跪死在這裡。」

文芳回頭就走，翁家明直挺挺的跪著也不追趕，這是他想出來的最後一招，再沒有其他方法使文芳心回意轉。果然文芳走了很久，其他車主對這怪現象，不知如何表情，翁家明避開他人眼光，仍跪地不起。文芳終於走回來了，向他伸出溼溼的手，早已滿面淚水了。

「起來。」她哽噎著說。

「扶我一把，我腿麻了。」翁家明說。

文芳手上用了些力，翁家明掙扎了一會才站直了，一把把文芳抱在懷裡：「不要不理我，不要冷淡我，妳這樣對我，我生不如死了。」

「大男人，死呀活的！」文芳撐扶著他，開了車門，上了車：「我在這裡不能做人了，好多人都看見了，明天還不成了大新聞。」

翁家明一上車就癱了，文芳看了他一眼，蒼白虛弱：「你病了。」

「我一天滴水未進，」翁家明說：「我跪在地上妳再不來，我就昏倒了。」

「何必呢？」文芳嘆息著。

「妳忘得了嗎？」翁家明問：「我現在才懂得什麼叫一夜夫妻百日恩了，我忘不了妳的一舉一動，一抬眉一個眼神。」

「你結婚那麼多年了。」

「不一樣！」家明就勢把她臉扳過來，又親又吻，另一隻手也不規矩的摸到胸前，差點使文芳撞了車。

「我不要跟別人比。」文芳發了火。

「如果我心中還有別人，讓車子撞死我。」家明說：「死在妳面前，使妳心平氣和。」

「你把我丟在香港。」文芳被刺痛了流下眼淚。

「我要負責任，」家明說：「妳希望我是個沒有責任感的人嗎？我對妳也有責任，所以我請其新照顧妳。我碰過很多辣手的情況，沒有這次使我生不如死，我人在台北處理事情，行屍走肉一樣，到現在我都說不清那是份什麼樣椎心刺骨的痛。」家明接著說：「但是…妳今天早上的態度真正的判了我死刑，下跪、自殺，我還顧得了什麼？」

文芳把車子停在路旁，伏在車盤上哭得喘不過氣來，心恨蒼天捉弄人，把兩個不該相遇的人攪得這麼生死糾纏。翁家明顯然的豁出去了，自己呢？她能做到什麼程度？

激動的家明把她摟在懷中：「今後我們是一個人了，有難同當，有福同享，我只求妳，用心體諒我一點，給我一些時間，解決我的問題。」

文芳抬起紅腫的雙眼深情的注視著他：「我等。」

家明用一個熱吻回答了所有的承諾。他又摟著她：「送我回公司，我開車回家，我太太虛弱的厲害。」

剎那間一股寒顫沖淡了剛才的熱情，文芳默默的開了車送他去公司，家明下車時握住她的手，給她力量！

「記住！我們在共同面對問題。好好睡覺，明天龐老闆的開工典禮，我們鐵三角正式向外宣佈。」

文芳回到家裡，吳伯母劈頭向她說：「妳小妹找妳，有要緊的事，說妳手機關了。」

「啊，」文芳立刻撥小妹手機，小妹顯然在等著，手機才響了一聲，就叫著說：

「秋虹自殺了！」

「什麼！！」文芳跌坐在沙發上。

「…在樹林裡上了吊。」小妹哭了：「之前她還來了通電話，請您查一查您的抽屜。」

文芳流下眼淚，半天才說：「我先去看她！」

「已經在停屍間…。」小妹說：「我來接妳吧。」

「也好。」文芳混身已沒一分力量去開車了。

吳伯母緊靠著她坐著：「發生了什麼事？」

「我的一位女同事自殺了。」文芳大哭了起來：「…死了。」

「妳的女同事不是都很好的嗎？」吳伯母喃喃自語，並不指望文芳回答。

「伯母！」文芳哭倒吳伯母懷中：「我應該跟天俊一起去的…活著眞痛苦！」

「這話…也許輪不到妳說，做母親的不更心疼撕肺嗎？世上的事沒那麼簡單，我還有兩個女兒，骨肉連心，我連死都不敢想！妳那個同事太任性了，她父母怎麼受得了！」

文芳百感集交，哭得說不出話來，她隱隱的猜到黃秋虹給自己放了什麼東西在她抽屜裡。她緊緊抱著吳伯母哭得抽了氣，眞是傷心人別有懷抱。

門鈴一響，文芳不顧一切的衝過去開門，回頭向吳伯母說：「我…。」

「快去吧。」吳伯母說。

在車上，小妹交一封信給文芳：「這是我在妳抽屜裡找到的，我們比警察先找到了她給妳的遺書。」

小妹開了車內燈，文芳拆開遺書一看，果然不出自己所料。

「文芳老闆：妳一直對我期望很高，我也拼命配合，可是情關難過，我愛上了有婦之夫，我一直欣喜這份感情，他條件多好！既使做他一輩子情婦，也心甘情願，有個這樣的情人，有妳這樣的老闆，我生活得很快樂。人生原無十全十美的事，我所缺的只是個空名份而已，我一點也不在乎！我在乎的是他有了另一個情婦，當然比我年輕貌美，我甚至不和她計較，只求他還是愛我！他不愛我了，不見我了，連手機號碼都換了！我不能沒有他，沒有了他，工作、親人都⋯只有使我痛苦！不要替我難過，我想，妳接到我的信時，我比什麼時候都快樂！

為了報答妳對我的照顧愛護，我懇切奉勸妳一句，不要和翁家明先生來往，徹底的斷絕！妳多情善感，我請求妳硬起心腸，斬斷情絲！妳答應了吧，我在天上地下都保佑妳，我們同病就該相憐！

祝

幸福

秋虹留上」

文芳的淚水濕透了遺書，她匆匆把遺書收好，像珍藏起秋虹的情份。小妹並沒問她遺書裡寫了些什麼，似乎彼此心知肚明，一切盡在不言中。

到了停屍間，一片哭聲，引得文芳更淚水泉湧，秋虹遺體被白布遮著。

「我要看看她。」文芳說。

「不必了！」刑警勸告著：「太太小姐們膽小，人到了心也盡了。等開弔的時候，經過化妝，再請你們瞻仰遺容。」

文芳看著秋虹生前的照片，和她家人一起哭倒在地，小妹好不容易才把她拉起來，在她耳邊說：「盡了心了，她知道了。妳明天還要參加龐老闆的開工典禮哩！」

21

秋虹的鬼魂並沒有纏著文芳，雖然她是想著她念著她迷迷朦朦入睡的。但是到她夢中來的仍然是家明。

陰森森的驗屍間裡，她走近白布遮蓋的人，拉開白布赫然是閉目安祥的家明，像是熟睡著。

「家明…。」文芳試著叫喊他：「你不能死！」

家明被抬走了，她留在幽暗、空曠的房間裡。

文芳一身冷汗的醒來，她不能再睡，曲膝坐在床上，頭放在兩膝之上，前思後想，秋虹的遺書一字字的深入心房；秋虹願意做個快樂的幽暗中的情婦，顯然是男人見異又心動，當初一雙兩好，必然是自由由，無須承諾，不用負責， 旦分手就說毫無牽掛，他不愛妳理所當然，激情過後就失去了新鮮感，妳如還愛他，就該自我調適，本是逢場作戲，戲演完了，各自散去，現在男女關係就是這番邏輯。秋虹死了，並沒有指出她愛人的姓名，她爲了一份愛而死，並不願揪出那已不愛她的人，那個人的感受是什麼呢？從此和女人絕了緣嗎？或只是感嘆一聲：「怎麼這樣傻！」一定會難過幾天，可時間無情，日子久了什麼都淡了。品格再差一點的人不定還沾沾自喜；有人爲他自殺！就好像小女孩時，有男生爲她打架覺得光彩。

秋虹求她不要理翁家明，顯然的，公司裡每個人都知道這件事了，其新「三人行」的用心瞞不了人耳目的。翁家明是她魂縈夢索的人，已答應給她個交待，現今離婚的事分秒鐘都在發生，翁家明不能向她負責嗎？翁家明會朝三暮四的愛上其他的女人嗎？如果翁家明用情不專，就算和自己結了婚，不未嘗不可以去愛上別人。秋虹叫她不要往下深陷，用心良苦，警惕著天下的女子。

文芳不知如何處理自己的感情，不再理會，和翁家明斷絕來往，自己不能不愛他，翁家明也不會就這樣放了自己，他能在人群出沒中下跪，他說他可以自殺！怎麼拿得準他呢？

文芳懷著滿腹心思與不安到了龐老闆開工典禮上，高挑的身材，盈紅色的旗袍，一隻玉鐲，一隻鑽戒，黑高跟鞋，黑色小皮包，蓬鬆整潔的頭髮，襯出她美好的小臉，她修長的腿才一踏出龐老闆的車子，就已引起一陣騷動！當典禮在司儀的號令下開始時，翁家明扶著她上了台，台上的龐老闆彎著腰伸手接著，三個人站在彩帶前，居中的龐老闆先來一段開幕詞，台下名流貴婦雲集，交頭接耳竊竊私議，弄不清那來的這一位集清秀亮麗於一身的女士，在這樣的場合主串個這麼重要的角色，尤其聽到龐老闆介紹他們鐵三角時，很多人都不免爲之一驚：

「……高文芳小姐在設計方面，天才獨具，在美化，空間利用，實用，無論是大廈的外形和室內的巧思，都使本大廈除了在用材，施工方面更提高了品質。美是個感覺，高小姐在這方面不輸於一位藝術家，只是高小姐是建築方面的藝術家……。」

建築界鐵三角開始剪彩，鎂光燈閃爍不停，一時之間高文芳和翁家明就被媒體包圍了。只是文芳心中爲秋虹的自殺無法釋然，眉目間凝著些許傷感，倒使她更顯得楚楚動人，使每人忘了她的重要性，只注意到她是美的化身。

典禮完成後是中午的聚餐，眾人開始打聽高文芳的出身來歷，就在眾說細語的時候，其新向文芳敬酒，並挽了挽她的肩頭，在她耳邊說：

「下午，我們去看翁家明太太。」

眾人似乎恍然大悟明白了，這位名花主人是那位小帥哥，倒也郎才女貌，使人心情愉快。認不認識文芳的人都來敬酒交換名片，全是些建築界名人，文芳要拓展業務這眞是個機會。散了餐會，其新送她回公司，公司中的氣氛和她身上的盈紅旗袍很不相襯，有些人去盯工程了，留在公司的人並不多，穿著素色的衣服，連口紅都免了。對文芳略略打了個招呼就各自低頭工作。

「黃秋虹眞想不開，」其新坐在文芳的辦公室裡：「不是你的，死了也是白死，聽說她的遺書寫得含含糊糊，讓她父母很傷心，她感謝了很多人，什麼人什麼事才使她自殺呢？」

「談到她我眞難過，」文芳拿面紙擦著眼角：「她不恨任何人，我們也找不出個原因來。」

「她給妳的信上寫的什麼？」

「交待她的工作。」文芳說：「什麼時候去看翁太太？」

其新看了看手錶：「三點多了，現在正是時候，在路上買束花寫上我們的名字，能見我們就聊兩句，不能見留下花就可以了。妳現在是翁家明鐵三角之一，不跑這一趟不禮貌。」

文芳問了問小妹沒什麼重要事。

「有些位建築界，室內裝潢的找妳，電話都留著了。」

「人要走運也很快！」其新笑著陪文芳走了出去。

買了花到翁家明家，出乎兩人意外的，上班時間，翁家明居然在家，三個人都有點尷尬。

「內人還躺在臥室理。」家明手足無措：「我看…」

「是高文芳嗎？」翁太太在臥房裡叫著：「她可以進來呀。」

文芳拿著花走進臥室，翁太太正吊著點滴，氣色不太差，一見文芳就笑了：

「妳在電視上真漂亮，跟個明星似的，我的女兒好羨慕妳，說長大了要跟妳一樣。」

「妳氣色很好。」文芳把花放在她床頭。馬上有人拿去裝瓶了。

「能不好嗎？點滴、牛肉汁、雞汁，太補啦。」翁太太說：「家明說我失血過多，得補回來，中西合併。」

「是應該，我媽媽說大產小產都一樣要著重。」文芳說。

「才一個多月的胎，傷不了什麼。」翁太太笑著：「恭喜妳，這下出人頭地了，替我裝潢的家可不能漲價。」

「怎麼可能。」

「對了，妳公司小姐的事太怪啦，播報員說：多半是感情糾紛。」

「我…平時她很本份的。」文芳不知從何說起。

「本份的人才想不開。現在男女關係多亂哪，有本事亂，就別想不開呀！可惜殺的又特別多，眞叫人想不通。」翁太太又關心的問：「妳跟程先生該有好消息了，成家立業，現在業都立了，更該成家了。」

「謝謝關心。」文芳如坐針氈：「妳休息吧，我改天來看妳。」

「不用，明天我就不躺著了，」翁太太說：「我還是關心我的新房子。」

「我一定特別仔細。」文芳站起身來。

「妳丟了個同事，我丟了個孩子都得想開點。」翁太太叮囑著：「我都看得出妳在電視上不開心的樣子。其實我先生說得沒有錯，留得青山在，明年再生個小孩，一點不如意就自殺，命可只有一條，傻了是不？」

文芳再也站不住了，點了點頭就出了「明年再生孩子的臥房」。一到客廳，兩位男士正小聲說著話，文芳打斷他們，向其新說：

「我們走吧。」

「一起吃飯好不？」翁家明祈求的看著她。

「不了。」文芳催著其新：「走吧。」

家明一直把他們送到電梯口，文芳一直冷冷的，兩位男士都能體諒，時代再進步，要人們心中不嫉妒是不可能的，家明太太的位子上有人，文芳的心情好不了。

「家明，」其新向他說：「好好考慮考慮我剛才的話，以你的聰明，應該解決得了。」

文芳又回到公司，在車子裡她並不追問其新叫家明考慮什麼，她猜得出來，她只是想不到答案。

公司裡氣壓仍然很低，金小姐回來向她報告工程進度，龐老闆有電話找她，約她明天上午開會。新來的客戶一大堆，都是約她的，文芳只回了龐老闆秘書一個電話，明早一定來。

其新看了看不再等她下班吃飯：「我也回公司了，我把手機打開，妳隨時找我。」

「我累了，還有很多公事，圖表，只怕得帶回家去看了。」文芳說。

「那麼，我自由了？」其新拉著袖口笑著。

文芳也淡淡的笑著：「你自由了。」

其新前腳走，小妹進來說：「秋虹的媽媽來過，說她家人口單薄，喪事方面請妳多幫忙。」

「要怎麼幫助都行，」文芳傷感的說，「能做的妳不必問我。」

「這些新的客戶，妳找一天，一一的和他們談談吧。」小妹說：「龐先生、翁先生的合同雖好，可以終止的，自己的人脈才重要。」

「妳分門別類一下，」文芳說：「我跟妳約時間，總得把秋虹的事辦完才有心情。」

「秋虹的事有好多人不太知道是我們公司的人，妳別見人就提，放在心上，事情我來辦，唉！秋虹的家頂清寒的。」小妹嘆息著。

「那…個人就沒貼補點嗎？」文芳記起那大轎車。

「現在講究的是你情我願…。」小妹講了一半，藉著外邊電話響抽身走了。不一會一陣風似的進來蒼白著臉，兩眼發直：

「吳伯母摔斷了腿。在榮民總醫院。」

「我…。」文芳丟下手中的文件，立刻拿起車鑰匙，往外跑。

「我陪妳…我替妳開車吧。」小妹說。

文芳想到了其新，她可以這麼自私嗎？其新也有公司業務的。她點點頭，把公司交給其他小姐，和小妹趕快到地下室，大大出乎她們意料的，翁家明站在文芳車旁，一眼看出兩人神色不對，走過來問：

「什麼事？」

「吳伯母在馬路上摔了。」小妹說。

「快！」家明：「我送妳去。」

「也好，」小妹說：「我公司裡還有很多事。」

文芳又神魂不定，一心只有吳伯母身上，恨不能一秒中之內就到了醫院。

家明問清了去向，開著文芳的車到榮總，很快的到了急診室，吳伯母孤伶伶的躺個小床上。

「伯母！」文芳奔走了過去：「妳怎麼了。」

吳伯母已經過初步的治療，神志尚稱清楚：「妳來了就好了。」

「有病床了沒有？」家明問旁邊的醫生。

「請你到服務台去查問。」

「文芳，妳照顧伯母，我來安排病床。」家明匆匆走開。

「伯母…」文芳不知從何說起，自己從來沒照顧過老人家。

「我在家門口不遠的地方摔的，地上有張紙，我也不知道在想著什麼，只一滑就倒下去了。」吳伯母說。

「摔了那裡？」文芳流著淚，輕輕的摸撫著她。

「盤骨，還有脊椎！」

「哎呀！」文芳驚叫著：「這還得了！」

「醫生說還算幸運，脊椎骨只是錯開了一點，有辦法治。」吳伯母看著文芳，好像說著別人的事。

「盤骨呢？」

「要開刀，也可以治。」吳伯母說：「只要能治，就沒什麼大不了，妳別太難過。我已經打電話給我大女兒了，她閒在美國，叫她來照顧我。」

「我來！」文芳說「應該我照顧的！」

「不要爭，妳要上班。」吳伯母說：「妳的新聞連美國都知道了，還不打鐵趁熱！」

「我都不想做了。」文芳說：「在家陪妳剛好。」

「文芳！」吳伯母嘆了口氣：「別弄得什麼都沒有了，能有今天這個局面不容易。」

家明和一位醫生來打斷了她們的談話，病床有了，不過是頭等的，費用貴。醫生說：

「尤其動手術，費用高。」

「可以！」文芳說：「沒有問題。」

「你放心。」家明說。

「我得提醒一聲。」醫生說。

吳伯母很快進了病房，設備新，光線充足，大家都很滿意，文芳把病房告訴了小妹，有事打電話、打手機。

「我先送盆蘭花來。」小妹說：「秋虹家也決定了，下個星期四，在第二殯儀館，唸唸經，火化，只通知親朋好友，一切簡單。」

「準備花籃和奠儀。」文芳說。

「我知道。」

文芳陪在吳伯母身旁，叫小妹把她家裡的應用物品全送到醫院來，趁著護士來的時候，家明把文芳拉到門外：「文芳，得請位特別護士，就算妳願意盡心，妳也不夠專業，好不？」

「好，我倒忘記了。」文芳說：「到那裡去請呢？」

「妳去陪伯母，我來處理。」家明說。

「對了，你太太是請了特別護士的。」文芳說。

「進去吧，病人怕孤單。」家明說：「也通知其新一聲，有了特別護士，還得有自己人在旁。」

「我請小妹來幫忙。」文芳覺得女人照顧吳伯母比較好。

「人越多越好。」家明把她推進病房。

文芳陪在病房裡，等於沒有睡，護士小姐不一會來看，送藥，抽血、送飯。特別護士倒是勸她：

「妳多休息，有我在哩。」

文芳的爸媽當天晚上就來探望，吳伯母已服了止痛藥，鎮靜劑睡著了。

「吳大姐要回來。」文芳告訴爸爸媽媽。

「吃這麼多苦！」高太太說：「妳這兩天的事我們也知道了，好多親戚朋友都打電話來，在電視上看到妳了，生意一定更好了，能不去辦公廳嗎？」

「能。」文芳說：「我的小妹好。同事也各自負責自己的工作。」

「這是個好機會。」高太太說：「有些人一輩子也碰不到。唉！」

「媽，沒事的，您放心。」文芳說：「不是鐵三角嗎？翁先生會幫我。」

爸媽走了好一會了，在靜靜的病房裡，文芳還想著安慰母親的話，家明確實在幫她，否則吳伯母的事不知道把自己忙得什麼樣呢。

22

一片綠野的草茵，柔軟得像厚厚的地毯，翁家明和兩個小女孩嘻戲追逐，文芳和另一個人遠遠的看著，感染了些歡樂，翁家明把一個女孩騎在肩上，一回頭看到了文芳，孩子不見了，家明也不見了，只有那空蕩蕩的草地，

「家明…。」

文芳被那遍空曠驚醒了。

「文芳…。」吳伯母在叫她。

文芳從沙發上站起身來走到病床邊：「伯母，您睡得不好？」

「我醒了一會了，看妳們睡得很熟沒叫妳們。」吳伯母說：

「老太太想上廁所了吧？」特別護士也醒了。

「兩天沒上大號了。」吳伯母有點不好意思：「半夜三更的有了動作。」

文芳又叫來值夜班護士，三個人戰戰競競的把吳伯母弄到洗手間，吳伯母說：

「妳們別圍著我，只留文芳陪我。」她又向文芳說：「搬把椅子來坐，白天黑夜的累，別站著吧。」

特別護士搬了張椅子，自己避開了。

「文芳，」吳伯母說：「妳公司的事怎麼樣了？」

「妳放心，公司裡其新在照顧，龐老闆很通情達理，很多事請翁家明來和我量議，亂是亂一點，新客戶接不上頭，好在翁家明給我的顧問費很高。我在醫院看圖看文件，耽誤不了事情。」

「妳睡覺不熟，好像一直在作夢。」吳伯母說：「妳是叫翁家明叫醒的。」

「這麼久了，我還一直作夢夢到他。」文芳苦惱著說：「一直是他！」

「我快出院了，你們可以常聚聚了。」吳伯母說：「唉！我們女人離不開男人啊。男女再也糾纏不清的。」

「伯母。」文芳回頭看了看特別護士睡著了：「兩三天不常見也給我個考驗，只要有妳，我可以不要翁家明。」

「我今夜一直在想，妳別難過，出了院，休息一段時候，我要去美國了，那邊人多，照顧起來方便，我不能害妳忙死。」

「不⋯」文芳叫著。

「可以了嗎？」特別護士驚覺的問：「不能坐太久。」

「謝謝妳。」吳伯母說：「可以了。」

話題繼續到病床上，文芳哭倒在吳伯母枕邊：

「妳走了我怎麼辦？」

「這兩天我仔細的留意翁家明，比在家裡做客看得清他細心，善良，他搶著付醫藥費，護士費，我不貪小，我會還給他，只是足見他的大方，是個好人，可惜他是別人的。新世代，新潮流，再怎麼新，屬於感情還是有的，感情到了真善美的地步，屬於感更強烈，要求也更多！」

「我一直告訴我自己，絕不破壞…絕不搶別人的東西，更何況是別人的另一半。」文芳抹著眼淚說，其實她自己知道，這句話已言不由衷。

「我如果到美國去了，妳就回爸媽家去住，一個人太寂寞，別把自己悶出病來，更不要在不穩定的情緒中作出不智之舉。」

「妳走了，我連個說話的人都沒有了。」文芳說：「我媽媽，也許她沒出國住過，書唸得也沒你多，我媽媽很保守，能對著電視機大罵半天，尤其是有關第三者的連續劇邊看邊罵。她如果知道翁家明，不氣死才怪。」

「明天，我大女兒就來了，她一定逼我回去。」吳伯母握住文芳的手：「我不放心妳。」

「我…。」文芳舉起手來：「我絕對振作起來…。」

「不要保證什麼！」吳伯母說：「感情的事捉摸不定，想的一套做的一套，由不得自己，除非被傷害了。」

「像黃秋虹。」文芳說：「明天她出殯，然後我去機場接大姐。」

「她認識榮總。」吳伯母說：「黃秋虹小姐的事妳多幫一些，別急著趕，一點誠意也沒有的樣子。現在就打電話給大姐叫她自己來我這裡。」

文芳想想也只好如此，很快的接通了大姐的電話。大姐很爽快：

「接來送去多費事，妳別管我，我是來看媽媽的，不是添麻煩的，放心！」

「好了！」吳伯母微笑著：「妳睡一下吧。」

「睡不著。」文芳說。

「儘量閉著眼休息，明天有妳忙的。」吳伯母說。

文芳根本沒睡著，第二天一大早醫生護士特別忙的時候，其新就來接她了。

略略知道吳大姐今天到台北，就接著文芳走了。在車上其新告訴文芳安排的情形。

「翁家明好大的奠儀。秋虹的葬禮不太寒磣，租了個小廳，請了一些和尚，都是尊重她爸媽的意思的。妳公司同事合送了一個花圈，又都送了奠儀，總想幫著點。」其新說：「我替妳也送了花和一個好大的奠儀。」

「謝謝，我會還給妳的。」文芳說。

「本來翁家明跟我爭，給我說了兩句難聽的話就沒爭了。」其新說：「我們是幫助人，假借妳的名字吧了，還不還就太見外了。」

「那怎麼成。」文芳說。

「成呀！」其新說：「頭七去她家看看她爸媽，再送份人情。兩位老人只這個女兒，怪可憐的。」

在停車場停好車，文芳一眼就看到黃秋虹的小廳，門口幫著料裡的全是公司裡的人，負責簽名，負責收奠儀。文芳悄悄的問小妹：

「有沒有豐厚的奠儀的？」

「就你們這幾位呀！」

「有陌生人嗎？開著大車子的。」文芳又問。

「害死人的人敢露面嗎？」小妹老練的說。

文芳帶著公司同仁行了禮，看著秋虹年輕的遺照大家都流了淚，瞻仰遺容的時候，大家目睹在化妝師下，安祥入睡似的秋虹，再也噤不住哭聲，和著頌經聲，鐵石心腸的人也要落淚。其新和翁家明站在小廳外面，並沒有跟著就走去瞻仰遺容。

「家明，」其新說：「文芳並不堅強，你要特別小心，我是最討厭這種地方的。」

「我懂。」家明說：「你知道我太太小產，還躺在床上呢！」

「文芳會打胎嗎？」其新說：「同時打胎和小產……」

「其新！」

「我提醒你！」

文芳被秋虹的父母送出來，兩位老人家只是哭著，一句話也沒有，文芳握住他們的手，訂下了頭七去祭拜，老人家才說謝謝。

「再見了，伯父伯母。」

「再見。」

其新跟著她：「妳不參加火化啦？」

「不！我會暈過去，」文芳說：「又多了個病人或死人了。」

「妳去那裡？」家明問。

「去榮總。」文芳說：「龐老闆那邊還是拜託你。」

「妳放心，有重要事，我隨時會叫人送給妳。」家明說：「妳臉色不好，保重點！事情太多！」

「好了，」其新說：「吳伯母等著哩！」

匆匆到了榮總，吳伯母病房中一大堆人，主治醫生來查房，護士長來查房，大群的醫生護士跟著，其中嗓門最高的是剛下飛機的吳大姐，盤問得很詳細，對文芳只點了點頭，就跟著醫生去看 X 光片。

其新拉了文芳一把，也跟著去看 X 光片。醫生解釋的詳細，聽的人只知道情況並不算嚴重，後遺症是有，要做些復健。兩三天內即可出院，家屬可以有點意見，於是決定：三天後出院。吳英大姐處事果斷，行動敏捷，行政能力特强，她請其新和文芳在榮總一樓的『季諾』吃飯。

「講不上謝，我對你們像自家人一樣。文芳，媽媽這個情況，妳料理不過來，等一段…很短的時期我就要接媽媽到美國去了，因爲妳也知道，我有個家，還有孩子的接送，不能離開太久。」

「伯母對我…。」文芳不知說什麼。

「大姐放心，文芳有我們照顧。」其新說。

「這倒是真的。」吳英笑了：「只是我媽媽跟她貼心，我媽媽對她比對我好多了。」

「伯母到美國去了，」其新說：「文芳就搬回爸媽家去住。」

「再說吧，」文芳說：「我爸媽天天時時催我結婚。」

「家家有本難唸的經。」吳英說：「文芳早過了獨立年齡了。婚姻是該結就結了，還真有點緣份。」

「妳相信？」文芳問。

「多少有點相信，如果無緣認識，談不到愛不愛！」

「有緣認識而不愛呢？」其新笑著問。

「總需要相愛才結婚，『紅樓夢』裡有一段剖析得很好：你愛他，他不愛你，…任他弱水三千，我只取一瓢飲…。錯綜複雜！多體念吧！」吳英笑說：「我倒又想看『紅樓夢』了。」

有吳大姐整天陪著，文芳有空到公司去上班，公司氣壓仍然很低，秋虹的工作沒有人接，客戶不滿，簡直就亂了，其新是有自己的公司，他能做的都做了，秋虹的工作，其新分給其他同事，銜接得並不好，要請新人沒有那麼快，其新已登出了求才廣告，由大家一起面試，還沒找出位合適的來，多半經驗不足，文芳立刻要高薪聘請。

「我也想過。」文芳說：「高薪請位新人，老同事擺不平，更亂，目前還是照你的方法，小妹管公司所有檔案，不是專業人才，但總懂得業務狀況，看能不能接些案子。」

「她已很忙了，妳這兩天沒來，她對內對外，能接的案子都先問同事，不能接的拖著。」其新說：「我看求人不如求己，妳多忙點，儘快找人就是。」

「我連夜車都不能開，」文芳說：「我還是要去陪吳伯母，大姐雖來了，但我不安心，不能不去陪她。」

其新雙手放在腦後，坐在沙發上看天花板，一時之間也想不出好的辦法來。

他本來要去歐洲接洽筆生意的，派了同事去了，文芳公司的狀況比較危急。生意興隆，人手不足，他突然有個挖角的念頭，只是對文芳這一行他不熟悉。

陸續有應徵的人來，帶著成品，文芳親自約談，終於被她談定兩個新出校門的一男一女，很快的談定薪水，明天上班，工作由小妹暫時分配。

「其他同事都很忙，沒辦法帶你們，幸好你們都有暑期打工的經驗，你們自己辛苦一點，我每天會到公司來一趟，你們等等我，彼此研究檢討一下。」

兩個年輕人被小妹帶到大辦公廳。文芳向其新說：

「總算安一點啦，你也該回公司上班啦。」

「他們有緊急事會打我的手機。」其新兩手放在膝頭笑了：「我的方法和妳一樣，晚一點下班，我回去整理一下，效果也不太差。」

「今天你可以早點去公司，我要請請吳大姐，醫院的飯護士小姐吃，我就在天母找一家餐廳意思意思，她們一家人對我眞好。」文芳說。

「好。」其新說：「妳還是隨時可以找我。」

文芳收拾好了，兩人正往外走，小妹叫住她：

「龐老闆找妳。」

文芳趕快接聽了電話：「龐老闆。」

「家明說妳忙得不得了，我來看看我的面子，我南部有塊地，有位美國人要來合資建設，今天晚上我們鐵三角陪他下去，他已看過兩次地了，今天開個建築會，妳無論如何要一起去。」

文芳拿著電話聽筒愣住了，半天才問：「幾點的飛機？」

「我們預備九點前到，飛機多的是，也訂了兩家。」龐老闆說。

「我明早趕來行不？」文芳問。

「明天人家去香港。」龐老闆說：「今天晚上是最好的時候，妳去有加分的可能，三分之一的成功率。」

「好吧。」文芳皺著眉：「我幾點鐘到機場？」

「七點好不？」龐老闆很禮貌。

「好吧，我七點到。」文芳脫力似的放下電話筒，無可奈何的看著其新：

「我早一步就好了。」

「他們會打手機給妳。」其新說：「回去預備點衣服用品吧。」

「來不及了，我買一些好了。」文芳說：「我還要趕到醫院去呢。」

「我陪妳。」

「醫院有用品賣，你隨便買一點，高雄也有，大不了什麼都不帶。」文芳突然想起了什麼問小妹：「秋虹設計的龐氏大樓表格給我。」

帶著表格，其新開車，兩人直奔榮總，病房很安靜，吳伯母睡著了，吳大姐和特別護士也睡得很熟，其新和文芳對了對眼神，文芳仍然悄悄走過去，輕輕把吳大姐推醒，吳大姐猛然驚醒：「什麼事？」她這一大聲，把其他人都吵醒了，看著病房中來了兩個人倒很高興。

「文芳，」吳伯母說：「我明天出院。」

「什麼時候？」文芳都快昏了。

「上午呀，中午以前就可以回家了。」吳大姐說。

文芳癱坐在沙發上，不知如何安排時間，明天坐第一班飛機回來是錯不了，可不知高雄方面的時間究竟怎麼安排的。

「文芳馬上要趕到高雄，」其新向吳伯母說：「那個鐵三角的案子缺她一角不行，我到樓下去買點東西，我們就該去飛機場了。」

「幸虧我回來了，」吳英笑著：「妳忙去吧，別這個死樣子，病床上是我的媽。」

「大姐，」其新臨出門笑著：「妳沒回來，還有我呢，我不去高雄。」

「我喜歡這個人。」吳英說。

文芳像什麼也沒聽見，失魂落魄的，走到吳伯母床前，握住吳伯母的手：

「我要去高雄。」

「一切自己當心。」吳伯母說：「我這裡有妳大姐，還有其新，又有特別護士，人家很好，肯跟我們回家！妳放心去忙，只是要保重自己，飛來飛去的。」

「媽，妳的心也別偏得太遠，離譜了嘛！她飛來飛去，我就沒飛，走路從美國回來的。」吳英笑著說。

23

七點鐘其新把文芳送到機場，遠遠的就看到身長玉立的翁家明在等著，其新放下文芳，開著原車而去。

翁家明笑容可掬的迎了上來，接過她手中的公事包，在她耳邊輕聲說：「想死我了。」

龐先生也從大廳裡迎出來：「我在電話裡講話急了點，妳別怪，事情太突然，他想在遠東方面開個大型百貨公司，各處看地，我們也談了很久，看了很久的地，今天他突然要召開這個聚會。」龐先生遞張飛機票給她：「家明一直怪我，發號司令似的，妳可以不理我的。」

「我有個親戚病在醫院。」文芳是很不高興。

「希望生意做成，不辜負我們的辛苦。」龐先生說。

「一定成的。」家明說：「我們三個人各人向他簡報，一家百貨公司就從平地立體化起來了。」他又細心的問文芳：「妳吃過晚飯沒有？」

「沒有。」文芳忙得有吃飯這回事了。

「我們早點進去，裡面吃的東西味道還不錯。」家明領著大家進了閘門，在餐飲店，給文芳點了一個三明治，一杯咖啡，匆匆吃完，就上了飛機。文芳精神好多了，和龐先生也有說有笑了。上了飛機三人的坐位剛好一排，文芳坐在當中。起飛後，她把設計圖拿出來，溫習一下久已不碰的圖表。翁家明一手抱在胸前，一隻手緊緊的抓著文芳的背膀，文芳抬起頭來，翁家明向她笑著，文芳也笑了，這些天來，她的腦海中永遠浮著他的影子。突然間的相依相偎，使她一直煩亂緊張的心一下子鬆弛了下來。龐先生上了飛機不一會就睡著了，翁家明向文芳說：

「我要不要去見見妳那個吳大姐？」

「見不見都無所謂。」文芳說：「她很快就要走了，看樣子她一心要把吳伯母一起帶到美國去。」

「這也是人之常情。」家明說。

「我捨不得。」文芳說：「吳伯母也…她大概還不知道這回事。」

「妳應該捨不得我。」家明說：「能跟妳在一起，眞像在天堂一樣。我最近在想，我們兩個爲什麼要這麼忙呢？我積存的財產還養不活妳嗎？」

文芳看著他：「你不是很欣賞我的…設計嗎？」

「妳弄錯了，其新欣賞妳的設計才華，龐老闆尊重妳的見解，而我…。」他的手用了用力：「我愛妳這個人，才華形成妳的氣質，妳的脫俗，是一種整體的美。與做不做設計工作不是一回事，我愛妳整個的人。」

文芳被深深的感動了，不由自主的緊靠在他胸前，細想起來，翁家明幾乎沒有正面讚美過她的設計才氣，甚至要她爲他家設計房子，都是種接近她的手段，當時就有這點感覺，由他親口說出來，她一下子被幸福感充滿了，他不用任何理由，就是爲了愛。她想告訴她，她愛他，就是說不出口，她會被他愛嗎？他能被她愛嗎？尤其，他愛她的同時，他怎麼對待他的妻子？

幸福的時間過得快，飛機降落了，夜高雄展現著另一種風情。他們三人匆匆趕到國賓飯店，雷克已等在餐廳裡，非常感謝他們三人能同時趕來：「我只有一句話：商人是無理無情的，達到目的不擇手段。」

「今天的目的一定能達成。」龐先生說。

一餐飯吃得其樂融融，飯後在雷克套房的客廳裡商討，雷克對設計外表加了些意見，明早一早去看土地，大家馬不停蹄，早早休息。

龐先生的秘書早訂好三間套房，文芳才走進房間換了睡衣，床頭電話響了。

「妳開門，我進來。」家明在電話裡簡短的說就掛上了電話。

文芳才開了門，家明一閃身就進來了，一把抱住她熱吻搓揉，迫不及待的上了床，文芳也被激起熱烘烘的慾望，恣意的配合著，雲消雨散後，兩人併肩睡在床上，家明說：

「我叫旅館五點叫我，我再回我的房。」

「有人…找你呢？」

「我只留了手機。」家明說：「又關照總機有電話撥手機。」

兩人一夜纏綿，睡睡醒醒，文芳不想觸動婚姻或今後的問題，家明太太還在康復中，什麼事都談不上。

五點一到家明回房了，文芳才好好睡著，不一會就被電話吵醒，是龐先生：

「我們在咖啡廳等妳，妳慢慢化妝。」

咖啡廳裡有自助的早餐，文芳喝了杯咖啡，什麼也吃不下去，她含情默默的看著翁家明，他倒神清氣爽，看不出睡眠不足，兩人相視一笑，才引起雷克的注意。

「高小姐，妳對美的感覺特別有天份。台灣的建築在外型上特出的很少。」

「在九龍尖東往香港看，我欣賞那棟藍綠色的大樓，用色大膽，異常醒目。」文芳說：「我們現在還沒有討論到彩色方向，其實很重要。」

雷克藍寶石的眼中發出亮光：「正是我想的，台灣的色彩太傳統，不是灰白，就是赭紅，跳脫不出來。」

「我也常去香港，怎麼沒注意到。」龐先生笑著說：「我只愛『半島酒店』的白金色，我常叫他白金漢宮。」

「我以為在買沙發的樓層，不妨用白、金色。」文芳說：「可以襯托出寢具的色彩。」

「我看，香港我也不必去了。」雷克說：「我去的主要會議，是市場的研討，大家愛到香港去採購是考慮的因素。」

「如果貨物一樣，走進大樓感覺一樣。」文芳說：「人的習慣會改，就看有沒有遠見和先機，這兩年香港的生意被上海搶去不少，我們要想買東西不一定非飄洋過海不可，尤其是百貨用品，百分七八十是日常需用的。」

「妳的口才不輸妳的設計，」雷克說：「我去香港決定一下土地，高雄的地，我們一定要再去看看。」

文芳第一次到高雄的這塊地上，但是她一踏上這塊土地已有了一番見解。就等著三位男士議論紛紛後發表。果然詢問到她意見了。

「這塊地方正寬廣，是無可取代的優點，『帝國大廈』地基撐得起它的傲人高度，『梅西百貨公司』地基之廣，令人咋舌，在經濟大蕭條的三十年代，『梅西』沒裁過一個職員，穩！這四周的大樓都是中高級的住宅，日常採購力很强，近…是個很大的吸引力。」文芳自負的說：「如果外型與內部再吸引人一些，就完全發揮了它天然性的優點。」

「我們散會吧，否則我香港都不去了。」雷克笑著，「我到旅館拿行李，順便喝杯咖啡，希望三位多發表些高見，一件重大的決定必須結合眾人的智慧。」

「我們在搶這筆生意，知無不言。」龐老闆笑著向文芳說：「這個百貨公司我也是股東，妳懂我的意思嗎？」

「懂！」文芳笑著：「名成利就。」

「哈！」龐先生大笑：「別忘了我們是鐵三角。」

下午從高雄回來，大家都行色匆匆，家明太太還在康復中，文芳的吳伯母已出院回家，再加上公司裡的大小事情，高雄的澄清湖、西子灣，連想都沒想到，就搭機飛回台北。文芳匆匆趕回家中，果然吳伯母已回來了，吳英大姐、其新、特別護士、把家裡倒擠了個熱鬧景象。文芳一腳就到吳伯母臥房，她立刻微笑了，吳伯母精神良好，伸著手迎接她。

「妳好嗎？」

「伯母，妳好嗎？」

兩人同聲問候著。

「只是惦記著妳，沒什麼不好的，病情穩定，要復建，定期檢查，這些事在美國，我母親都是免費的。」吳英大姐說：「連工人都按時請位來免費工作，要到醫院打個電話，他們就用最舒適的車來接送。所以呀！媽媽一定得回美國去了。」

文芳握著吳伯母的手，淚珠滴在吳伯母手上，其新靠在門口站著：「文芳，吳伯母叫我照顧你。」

「其實，其新一直在靠著文芳的，」吳伯母說：「我說一說盡盡心而已。」

「媽呀！」吳英大姐說：「現在美國往台北打電話便宜得很，妳們還是可以天天常聊的，緊張什麼！」

當天夜裡，文芳夢見自己圍著一條浴巾，開了門，家明笑著進來了，後面跟著他的太太，似乎還有兩個小孩，翁太太正要開口說什麼，文芳無地自容的醒了。她在床上坐了半天，抱著天俊的照片又哭了，她不知道房門是怎麼被打開的，吳大姐感慨萬千的走了進來，把天俊的照片拿開。

「我來了幾天，從沒和妳好好談談。」吳英大姐說：「千萬把天俊忘了吧！妳太年輕，那段情早該過去了，我觀察了一下，程其新那一樣都不輸我們的天俊，妳怎麼對他一點愛意都沒有呀！被天俊困著，外面的男人連看也不看了。」

文芳想到翁家明，伏在吳英肩頭哭著一言不發，顯然的吳伯母替自己保留了很多，簡直是滴水沒漏，自己能說什麼，她不能傷害吳大姐，她率直而認真，如果她知道了翁家明，後果不堪設想。

「程其新…妳有沒有考慮過？」吳大姐問：「他對妳真是有情有意，一個大男人，丟著自己的事業不管，專管妳的事，有這樣的人嗎？」

「給我一點時間。」文芳說。

「這張文俊的照片送給我吧，」吳大姐拿了就站起身來：「我沒有他的個人照。睡吧！白天忙，晚上不睡，妳身體很好嗎？不過是這幾年的年輕而已。」

床頭沒有了文俊的照片，心中的家明怎麼樣也代替不了，空蕩蕩的，倒讓文芳連眼都合不上。第二天起來只覺得支持不住，她趁空向吳伯母說：

「我不讓翁家明來看妳，大姐眼睛厲害，生出好多事來。」

「我還是不放心妳，不是妳大姐生事，是妳自己找事，我越來越覺得姓翁的會傷害妳，」吳伯母說：「妳已愛上他了，不是一夜情，不是交往交往就分手的！可我又想不出你們會有什麼結果。我決不會告訴妳大姐，可是我在美國就更提心吊膽的了。」

文芳沒話好回，低頭看著自己的手。

「去泡杯熱茶喝喝，手冰冷的。」吳伯母說：「妳今天又不去上班了嗎？」

「今天或明天，外國人從香港來可能就要簽合同了。」文芳說：「設計方面要談的時候，我再去，起草合約是律師和龐先生他們的事。公司又來了兩個新人，很努力，我還打算把龐先生的新案子交給他們哩。」

「經驗重要。」吳伯母說：「得有人幫著他們。」

「我呀！」文芳說：「公司裡每個人都忙，分不開身，小妹都兼了業務員了，我不在她先把案子談下來，等我決定。」

「陪我的人很多，妳去公司吧！」吳伯母說：「凡事想得遠一點，萬一妳和姓翁的分了，鐵三角也就散了，自己有個公司總是個根，只要不賠，就得守著。」

「我懂。」文芳低著頭情緒低落。

「幾天離開辦公廳，沒什麼大不了。」吳伯母說：「可是秋虹又出了事，公司業務又出奇的好，妳就得好好把握，我只要知道妳工作順利也就放心了。」

「那…。」文芳依依不捨，相聚的日子不多了：「我去上班了。」

「叫妳大姐進來，」吳伯母說：「她一關心上妳，比我還煩人。」

「我不用人家叫，」吳英笑著走進來：「我能煩她多久。」

文芳到了公司，翁家明在等她：「我打電話到妳家知道妳上班來了，快跟我走，雷克回來了。」

「這麼快？」文芳翻了翻桌上公文，倒沒什麼要立刻決定的。「事先也不打個電話。」

「龐先生疏忽了，他太想接這個案子。」家明領著她往外走，「雷克也知道我們有些其他的人在談這塊土地，生意人懂得分秒必爭。」

「他做得了主嗎？」

「他和他的『主』一起從香港來。」家明開著車：「龐老闆說妳平時言語不多，該說話的時候，特別能說服人，其實今天沒妳的事。」

會議很正式，在龐氏大樓的大會議室裡舉行，雷克和他的老闆兩個人，可帶了兩位律師，龐老闆這邊人更多，律師、顧問、翁家明還有其他個部門的設計，建築師，會議嚴肅緊張，每項條款，每個字都在推敲，文芳坐在一旁倒真沒什麼事，不過她也知道她今後的事會很多，雷克那方面設計施工有監督更改的大權，雷克的老闆的話不多，他的動作在他的原子筆上，敲桌面，或搖一搖就能重開談判。會沒開完，散會明天繼續，雷克的理由是：「冷靜而不用匆忙，中國有句話：『忙中有錯』。」大家都輕鬆的笑了。

送走了客人，龐老闆向家明和文芳說：「我累了，抱歉不陪你們吃飯，我要回家吃家主婆燒的菜了。」

在電梯口文芳向家明說：「我回一下公司，也回家陪吳伯母和吳大姐，她們快去美國了。」

「我送送吳伯母。」家明說。

「不是叫你別露面嗎？」文芳說：「你打個電話給她，她諒解的。」

「好，我送妳去公司。」家明說。

「送到了你就回吧。」文芳說：「我的車子在公司。」

「妳眞捨得離開我。」家明說：「我願等妳一起吃晚飯。」

文芳嘆了一口氣：「我也想，我想的還更多，吳伯母要離開了，我珍惜和她相處的每一分鐘。我們⋯⋯或許來日方長。」

家明放下方向盤，在車內熱吻著她：「不准說『或許』，是事實，是最眞實不過的事，是我們有生之年。」

地下室有車進來，强光照得他們無所遁形，大樓間早已傳開高文芳和有夫之婦有染，只還沒有問到當面來，現代人也開通了，這種事誰耐煩管，只是文芳自己很難堪，推開家明就下了車，天下之大原無雙棲之處。

到了辦公廳，幾乎所有的人都沒下班，隱約中秋虹的悲情已被蒸蒸日上的業務和新加入的生力軍趨散了，文芳不聽祕書的報告，只專心在兩位新人的工作上，表格還整齊，缺點也不少，重要的是他們有構想，文芳改了改，又出了些意見，問小妹說：

「有些事妳做主吧，我這兩天很忙。」

小妹跟在她身後：「有件事我考慮了很久，我們大樓裡好多人問起妳和翁家明的事了，還說你們是建築業的鐵三角，也早已傳開建築界了。是不是該小心點？」

「謝謝妳。」文芳低著頭說。

「以前出去都不有程先生陪著嗎？」

「別說了。」文芳進了電梯。

24

吳伯母和翁太太併肩上了飛機，有說有笑，文芳追在後面，怕吳伯母腿不方便想提醒一聲，翁家明太太回頭向她說：「有我呢，沒妳的事了。」

朦朧中醒來，在是設定好的鬧鐘之前五分鐘，文芳來不及思索夢中意境，按了鬧鐘，在自己房中化妝整齊，爸爸媽媽一定要來給吳伯母送行，吳伯母行動不便，約好在外叫菜吃個中飯，熱鬧一下，來得及趕下午的飛機。文芳從房中出來，先去看吳伯母，特別護士和吳大姐正替她穿戴呢。

「伯母。」文芳坐到她身邊：「妳的病痛早日康復，再來台灣。」

「我也這麼希望。」吳伯母說：「跟妳住慣了，跟女兒住會嫌太吵。」

「我們也歡迎妳來住。」吳英說：「我家房子還眞不小，多妳一個人……。」

「人家要成家。」吳伯母說：「我也跟妳爸媽一樣希望妳早日定下來，這可眞是我心裡的話。」

「我會認眞考慮。」文芳說。

「這麼簡單的事還要認眞考慮。」吳大姐說：「妳呀！凡事放不下。還做生意呢！果斷點嗎。」

門鈴聲解了文芳的圍，爸爸媽媽來了，吳大姐大聲叫：

「伯母，不是外叫嗎？妳還自己帶菜。」

「應該在我家讓我自己做幾個拿手菜。」高太太說：「吳太太行動不方便，我只做了個蔬什錦。」

吳伯母由特別護士推著輪椅出了房門：「不好意思。」她笑著：「不過蔬什錦我還是喜歡的。」

吳大姐手腳爽俐，立刻佈置餐桌，文芳倒茶，送菜的也來了，熱騰騰的擺了一桌，團團圍著坐，沖淡了不少離情別意，吳大姐問文芳：

「那位程其新怎麼不來吃飯，他要開部車呢。」

文芳立刻打手機：「他已在停車場了。」自己走過去把門開了。其新帶了瓶酒來，越發的助了興。有其新和吳大姐的大嗓門，又催又趕，談不了什麼話，也傷不了什麼情，飯後也不收拾，匆匆的上了車，吳大姐說：

「到機場喝咖啡，等時間，心情安定，碰上你們『高速停車場』，發生一點小意外就耽誤了時間，急死所有的人。」

其新文芳各開一部車，吳伯母坐在文芳車上，礙著特別護士的面，也不好說什麼，吳伯母只好關心文芳的『鐵三角』。

「我只是翁家明公司顧問，如果我參與了龐老闆的大樓設計，那收入就多啦，每個月去看妳都不成問題。」文芳笑著。

「還是公司重要。」吳伯母似乎不相信什麼鐵三角。

「那當然。」文芳說：「我會記住妳的話，對自己的公司特別下功夫。」

「其實，妳半年能來看我一次就好了。」吳伯母看著她說。

「其實不難，我也需要渡假呀。」文芳說。

有了這番期待，亂糟糟的喝完咖啡，吳伯母換了航空公司的輪椅，由專人推著，吳大姐在車旁跟，連個離別的叮嚀、擁抱都被擋著了。只是輪椅進了電梯，文芳的眼淚再也收不住。高太太看了也難過，把文芳擁在懷裡，拍撫著安慰。

「搬回來住吧，吳太太一走，妳一個人獨頭獨腦的住在外面，多不方便。」

「媽，回家再說吧。」文芳擦著眼淚，倒收起了悲傷。

其新的車子送特別護士，離行時向文芳說：「我和家明在『新同樂』吃飯，我看妳會留在爸媽家，通電話吧。」

在回家的路上，爸媽勸文芳回家，至少三餐有人照應，也不寂寞。在家裡吃晚飯的時候，小妹妹向她說：「我去跟姐姐住，那才開心哩。」

「想也不要想，文芳…。」爸爸開口了。

「爸，」文芳對自己的家庭不太習慣了：「我工作忙常常早出晚歸，甚至出差在外，你們知道我有潔癖，不願在外留宿，有時趕回家往往是凌晨二、三點了。我想你們能夠瞭解，一個人做生意，吵得全家不安靜。」

爸爸沉吟了一下：「先試一段時間，如果…。」

小妹妹仍不放鬆：「姐，我陪妳呀。」

「不行。」爸爸說：「妳要按時上下課，妳姐姐的生活妳長大了再過吧。」

文芳解決了懸在心上好久的心事，吃過晚飯反而是爸媽看她太疲憊，要她早點回去睡覺。

「吳伯母走了，」媽媽說：「要常常回家來，家裡人都想妳。」

文芳向小妹說：「我會常找妳去玩。」

「稀罕！」小妹撇嘴。

離開爸媽，就往『新同樂』，她想那兩個人還在等她，而她正需要和他們談天，訴說情懷，家庭的溫馨，不能沖淡她的心情起伏惆悵。

到了『新同樂』，散了一半的客人之中，家明和其新仍在相對無言的等待期望著，見她在視線中一出現，兩人全站了起來，向她迎了過來。幾乎一邊一個扶著她走向餐桌。

「我知道妳會來。」其新說。

「眞奇怪，我突然覺得爸媽都無法瞭解我了。」文芳向其新說：「不知跟他們說些什麼。」

「妳有太多秘密他們不知道。」其新說：「就算談妳的工作，他們也要弄半天才能弄清楚。」

「我眞不孝。」文芳有點自責。

「不會，等有了大變動妳還是覺得家裡好。」其新說。

「你說呢？」文芳問家明。

「我們三個在一起才眞是鐵三角。」家明避重就輕：「我正在和其新商量，吳伯母走了，妳一個人如不搬回家住，需不需要請個菲傭。」

「你們知道我不回家住？」文芳問。

「在外獨立慣了，或有段時候了。」其新說：「尤其妳現在滿腹心事又不便對他們講，家庭的溫暖是化不了心頭的冰的。」

「我…還不想請菲傭，等忙不過來再說。」文芳滿心煩燥一時定不來，吳伯母的回美竟等於完全失去了天俊一樣，簡直麻木了。

家明提議送文芳回家，文芳不肯，她向其新說：

「找家有音樂的咖啡店，我想去坐一坐，一個人回家，我怕受不了。」

他們到了『凱悅飯店』，在音樂聲中坐著，文芳如果開口，必定是問：「吳伯母到了那裡了？東京嗎？」

「明天龐先生要見妳。」家明催她早點回家。

「又是什麼事呢？不是要簽約了嗎？」文芳毫無工作情緒。

「妳的設計圖，雷克說和妳的口頭講不一樣。」家明說：「他希望妳自己繪圖不要交給工作人員。」

「我會答應的。」文芳說：「這兩個新人已不容易了。吳伯母不在家，我一個人有更多時間，我自己設計。」

和龐老闆取得溝通，文芳等於在家明辦公廳上班，帶著兩個新人，和家明的設計師們共同工作，每天累得筋疲力竭，自己公司也要管，她不能忘了吳伯母的話，又接頭了幾個裝潢，又聘請了兩位優秀的設計師，小妹實際上等於總經理，總管公司一切行政，並負責和文芳聯絡，文芳每天中午回自己公司，累得常由其新接送，她在車上看文件或睡個覺。

「妳該請個司機了。」其新勸她。

「你幫我找吧，天天找人，眞找煩了。」文芳說。

到了公司文芳和其新吃著便當，金小姐回來了，交給她一堆照片和一個錄影帶，向她笑著說：

「我自以爲很能達到妳的要求。」

「我前天晚上去看過，眞的很好。」文芳翻了翻照片，順手交給其新：「我再過去看一遍，如期交工，翁太太可以搬進去了。」

「翁太太人很好，很少有意見，她說她所以這麼不懂建設和裝潢，是爲了不干涉她先生的意見，她說她不像我們這些女强人，但她菜燒得好，兩個孩子也親她，我說這不也是女强人。她現在就一心等著搬進去呢，常常拉著先生孩子去看傢俱。」小金說：「其實光從看傢俱的眼光來看，翁太太眞的只是藏拙！」

「金小姐，」文芳說：「我想升妳做經理，總理各項業務的品質和進度。」

「謝謝老闆。」金小姐很愼重的向她鞠了個躬。

「恭喜。」其新笑著。等金小姐一出去，其新就問文芳：「什麼時候去看翁家房子？」

「我們吃了便當一起去行嗎？」文芳說：「我聯絡翁家明。」

翁家明要吃晚飯後才有空。

「白天看比較好。」文芳說：「改一天吧，不能怪我們遲交屋。」

「請金小姐和我太太看就行了。」翁家明說：「這樣拖起來還不知那天交屋呢。」

「只要你們同意。」文芳說。

「就這麼辦，請金小姐和我太太去吧。」翁家明掛上了電話。

文芳立刻把話傳給金小姐，自己翻著照片看，一時倒入了神。

「等著聞居賀喜吧，」其新說：「以家明的人脈，有份熱鬧，我呢，真得替妳找個司機了。太忙了也不好，我贊成妳升金小姐，她專業又肯做，這種人現在不好找。」

「你公司人事擺得平嗎？」

「謝謝，如果我沒記錯，妳這是第一次關心我的事業。」其新笑著：「我只能說家家有本難唸的經，第一要件：做老闆的人一定要專業。」

在家明的辦公廳裡文芳只覺得家明臉色陰沉，回到家文芳都睡了，家明來了：「你臉色不好，別忘了身體很重要。」文芳說。

「我下午去看了房子，真好。」家明說：「我太太已選好了日子中秋節搬進去，趕得上在家賞月。」

「你特地來告訴我這件事？」文芳說不出的難過。

「我不告訴你，別人…金小姐不會告訴妳嗎？」家明走向臥室：「文芳，今夜我不回去了。」

文芳坐在沙發上動彈不得，吳伯母走後，家明常常留宿這裡，但今晚她心情不一樣，聽著家明在洗澡，慢慢的把心中的塊壘移開，自己不是原打算就是這麼個局面嗎？以往掙扎過，大大小小的也鬧過，結果還是一樣，她寧願家明睡在她身邊，也不願意他不在時，在她睡夢中來傷她的神，弄得她白天黑夜沒精神。

今年的中秋天氣特別好，其新和文芳在外買了好些菜回家賞月，到處都是人，都似乎比不上文芳廚房窗外的月亮和月色，兩人正把酒菜擺好，文芳電話響了。

「別接，」文芳向其新說：「我跟爸媽說我去高雄了，我該回家過中秋的，你用的什麼藉口？」

「我還用得著藉口？商人重利輕別離就行啦。」其新說：「我很少在家過節。」

「在我家裡，這時候我媽千方百計的在敬月亮了。我們也在窗口祭月亮，也陪嫦娥喝酒吃菜。」

「好主意。」

兩人忙了一陣，在窗前坐下，皎潔的月亮，少數的星辰，天空沒有一絲雲。

文芳由衷的說：「多美，天上一輪才捧出，人間萬姓仰頭看。」

「除了大自然，誰還有這份魅力。」其新說：「如果我說句肉麻話，妳會不會把我趕出去？」

「先喝口酒，我也許已經麻了，就不覺得你肉麻了。」文芳一仰頭把杯中酒飲了。

「我覺得月亮，沒有妳美，沒有妳可愛。」

「是嗎？」文芳突然對著明月傷感起來：「其新，我今天本來打算一個人過的，我想和嫦娥談談，她是怎麼守這份孤獨的，一種沒有感情的孤獨。」

「妳很會傷人，我竟不會恨妳。」其新苦笑著。

「對不起！」文芳向其新敬酒：「我不對。」

「妳忠於自己有什麼不對。」其新說：「我也是忠於自己，那有什對不對？」

他們喝著酒，像開懷又像借酒消愁，一瓶威士忌很快的成了半瓶，其新拿了酒瓶又給文芳加了一點：「杯中酒了，喝醉了傷身體。」

文芳搶過酒瓶：「傷身體，有多少人在乎呢？會爲我從香港奔個來回嗎？」

「今晚不提翁家明！」其新不高興：「喝不喝酒，是我們兩人在賞月在團聚，想什麼都等明天！」

「我：對，『明天又是一天』！亂世佳人的名言！」文芳說：「我是郝思嘉嗎？我就在想，至少今晚有三個家庭，只有一個是眞正團圓的，你家缺你，我家缺我！」

「我們在一起，我就心滿意足了。」其新喝了口酒。

「你又不是我！」文芳喝了一大口：「我在嫉妒！」

「應該嗎？」其新給她夾了塊叉燒肉。

「不應該！」文芳流著淚：「我天天這樣告訴我，可有什麼用，你看人家在家其樂融融，我們呢？」

「我們也其樂融融。」其新笑著坐到文芳身邊：「兩人對明月相影成四人，妳要那麼多人幹什麼？」

文芳喝著酒，哭倒在其新肩頭：「我…想翁家明。」

「唉！」其新推開她坐回自己坐位：「喝酒吧。」

「對呀，一醉解千愁！」文芳說：「我們把自己灌醉！」她一仰頭喝了大半杯。

「妳已醉了。」其新也喝了大半杯，又把杯子加滿，酒瓶已空了，他順手又拿了一瓶打開：「醉到人事不知才行，這瓶夠了。」

「哈！」文芳笑了：「兩種酒，才容易醉…得快。」

「來！親愛的，乾杯。」其新舉起滿滿的酒杯。

「乾杯！」

一桌子菜沒動兩筷子，酒灌了兩瓶，兩人爛醉如泥。電話、門鈴一概聽不見，把半夜來的家明急得如熱鍋上螞蟻，他知道其新在文芳家，但爲什麼不開門呢？是不是兩人出去了，到山上，到水邊去賞月了，三點了也該回來了呀！他電光火石的靈機一動，到地下停車場，他更愣住了，文芳的車子停在她的車位上。他再到馬路邊去一看，在自己停車的不遠處，正停著其新的車。

月光下樹影中，家明徘徊終宵，一定要作決定了，自己心不在焉的在家過節，妻子熟睡了就往外跑，這種日子他過不下去。尤其想到其新和文芳在一起，他更是妒火中燒，恨不能破門而入，看看他們在做什麼好事。

他突然又想他得到文芳時是在酒後的車中，他們兩人今晚能不喝點酒，能不半醉半醒，其新對文芳的感情愛心絕不輸於自己，他能控制些什麼?他徘徊終宵認清了其新的存在，文芳對自己的重要，不論他們今夜發生了什麼事，他要文芳!他衝動的回到文芳家口，拼了命似的按門鈴，終於他聽到迷迷糊糊的聲音：

「誰…呀!」

「開門!」

「來了。」

門一打開，家明紅著眼睛往裡衝，他意外的站住了，文芳衣服整齊，殘妝未卸，顯然是喝醉了伏在桌上熟睡了，他肩頭被其新拍了一下：「一大早跑來捉姦嗎?」

家明轉臉看其新，除了領帶和西裝鈕扣，更無異樣，他坐在沙發上：

「你們醉得真人事不知，我敲了一夜的門。」

「人事不知才好呀!」其新摸摸臉和頭髮，儘量使自己清醒過來。

「我把文芳抱回床上去睡。」家明站起身來：「她今天還有好多事。」

「昨夜中秋，可以原諒。」其新說：「你今天搬家她又不去。」

家明又愣住了，自己今天搬家，明明家中各房裡已包紮好了，只是自己心在文芳身上，竟沒有想到多日的忙碌，明天就搬，這接二連三的事文芳怎麼受得了。

「我走了。」其新向他說了一聲，門聲一響，屋裡只有一個醉趴，一個站著的文芳和家明。

家明決定了。

25

翁家明家裡的掀然大波是金小姐向文芳報告的。

「翁太太是哭著搬到新屋去的，本來預備請客的，翁太太把請帖也全燒了。」

文芳還沒來得及反應，龐先生請她過去說話。

龐先生辦公室裡沒有其他的人，他神色凝重的走到沙發前陪文芳坐著，等著送人走了之後，龐老闆清了清喉嚨，很作難的向她說：

「我先申明保持中立，而且絕無任何其他意思，請問妳知不知道翁家明已向他太太正式提出了離婚，他也向我證實了，是爲了妳。」

「我不知道。」文芳驚震著：「我只知道他們不賀新居了。」

「妳和翁家明的事，建築界，甚至很多朋友都知道，我從不以爲意，說得難聽點，現代男女關係不值得大驚小怪。我和家明談都沒談過，今天也是我第二次以老大哥的身份和妳談。事情不要弄得嚴重了。」

龐老闆婉轉又婉轉：「妳，翁家明都是我最得力的左右手，眞的不能把事情鬧大。」

「你剛才說：他們要離婚？」文芳完全沒聽進他的長篇大論。

「滿城皆知了，難道妳不知道。」龐先生不悅，自己推心置腹，文芳不以誠相對。

「只有金小姐告訴我翁太太哭著搬家，燒了請帖。」文芳說。

「家明沒跟妳商議離婚的事？」龐先生看出文芳的不知實情，有些訝異。

「沒有，」文芳難堪的低下頭：「從一開始就沒打算有這一天。破壞別人家庭！我…只是無以自拔，也只想躲在暗處，大不了終身不嫁就是。」

「爲了有婦之夫終身不嫁？」龐先生大感驚訝：「妳原來眞這麼愛他，難怪他會提出離婚。」

「他離了婚我也不嫁他。」文芳說。

「這又爲什麼？」

「我跟他太太是朋友，她跟你一樣喜歡我的設計，我不可能那麼對待她。」文芳說。

「你最好讓家明瞭解妳的態度。」龐先生的臉上出現了光亮。

「他應該知道的。」文芳說。

「再說明一點。」龐先生說：「我不該管妳的私事，我們是鐵三角，不會因爲私事有所改變，我只是婉惜！家明人很好，在商場名聲不錯，他如沒有結婚我就舉雙手贊成你們白首偕老了。」

「妳要我答應不讓他離婚嗎？」文芳說。

「也許有一天婚姻制度會消失。」龐先生說：「但時間別讓我們去超越。順其自然，是件幸福的事。」

「我找機會…很快告訴他，即使他離了婚，我也不嫁給他。」文芳堅決的保證說：「這是我能做到的極限。」

「大家共同努力。」龐老闆滿意的說：「我也是受人之託，翁家和他太太父母都來和我談。」

文芳苦笑，自己這不知情的主角，外邊已鬧得滿城風雨了，她很無奈的站起來：「我很慚愧。一個輕率的行爲，引起這麼大的風波，我努力處理。」

龐先生無限感慨送她出門，他身邊這樣的事不少，但她替文芳不值，這麼好條件的女孩子，做人家一輩子情婦？看樣子她是有這個打算。

文芳萬事不管，先找翁家明，幸好他手機開著：文芳直接的說：「我要馬上見你。」

「什麼地方？」家明說。

「我家。」文芳放下電話就直接回家，這是個可以說理吵架的地方。

家明來得很快，一見面就要抱她：「我已提出離婚了。」

「你在搬進新房子的時候提出離婚！」文芳推開他激動的在客廳內來回走著。家明坐在沙發上，看著她：「我沒把兩件事聯想到一起，我只是不能忍受妳的寂寞…。」

「你太太不寂寞？」

「孩子…。」

「我什麼時候答應跟你結婚的？」文芳嘶聲叫著。

「我要。」家明說：「我一認識妳就這樣想的。搬家這個時機不錯，她同意，我們先分居，她搬我不搬。」

「難怪她要把請帖燒掉，」文芳說：「她如何自處？這不是個晴天霹靂嗎？什麼女人受得了？」

「她早知道了。」家明說：「只有我們以為外面人不知道。她等我們分手，到現在她都相信我們還是會分手的。」

「只好分手。」文芳感嘆著，魂不守舍。

家明向她膝前跪下：「妳千萬別這樣想，我知道我對不起所有的人，只能有所取捨。我和太太感情是有，但愛情已談不上，我對她有責任，可也只能負責任。妳對我不一樣，我從未愛過一個人像愛妳一樣。從沒愛過一件事像愛妳一樣，自從愛上妳之後，我的生意出現過幾次危機，我都無心料理。我問我太太要一個沒有心的人做什麼？看在多年相處的份上，我求她放了我。」

「一面之詞，」文芳說：「全站在自己的角度去想，她為什麼放了你，你是她丈夫，孩子的父親。不可取代的。」文芳又心痛的說：「說不定她還很愛你！」

「妳真能跟我分手嗎？」

「我本來…。」文芳無限委屈：「只想做一輩子的情婦，可是，什麼是一輩子的呢？秋虹的死你沒有對我說什麼，難道我在偷偷的等一個後來者，然後也像…。」

「不！」家明把頭埋在文芳膝頭：「秋虹的事，我嚇壞了，我明知道妳的想法，也知道現在口頭的保證毫無效果。她搬進新房子，我不搬是個辦法！文芳，我早已想好了，做不出來之前，我不願說，現在，說也說了，做也做了，而且也做到了。」

「我要想想，」文芳說：「你走吧。」

「文芳，」家明站起來：「當兩個人感情逐漸淡薄了的時候，分手並不像妳想像中的困難。我太太或許還愛我，但絕對不能和妳比了！」

這個晴天霹靂因家明的離開，形成了個黑暗的迷霧，文芳四處突然找不到方向，她幾次拿起電話來要打電話給吳伯母，又怕她憂心難受。這團迷霧一直跟著她。

她突然覺得迷霧淡薄了，前面越來越光明，空曠的光明裡有個男人的身影，背著光見不到面目。

「是天俊…。」她向自己說。

「天俊！」

文芳叫著，混身疼痛的睡在沙發上。滿屋子昏暗，那裡有光亮，那裡有天俊！

辦公廳工作越來越忙，翁家明的消息沒人透露，翁家明電話不斷，很少露面，他說：「給我一點時間，我在為我們忙！」

其新是文芳的好伴侶，人前人後，餐廳裡外，倒把很多人弄糊塗了，或者是高文芳手段高明，又釣了個凱子！也有人明知其新是障眼法。更把高文芳嗤之以鼻，甚至警告到龐太太面前去了。

「算什麼嗎？多少專業的，學歷比她好的！怎麼輪也輪不到她。」

龐太太像老僧入定，聽而不聞，這簇火算是沒有燒起來。其他方面沸沸揚揚，很當回事在看，尤其翁家明的太太在搬入新家不久之後，束裝單人到了美國，把兩個女孩子留在台灣交給家明照料。

金小姐立刻告訴文芳了：「她到美國去冷靜想一想，也試試沒有翁先生和兩個女兒她能不能生活。」

「才驗收完屋子。」文芳也亂了：「大概屋內還沒有收拾吧，這一走…整個家…。」

「妳在想什麼呀！」金小姐說：「新房子關起來了，翁先生和兩個孩子還住在原來的房子裡。翁先生沒跟妳說嗎？」

「沒有！」文芳一個頭有兩個大。

「程先生也沒說？」金小姐說：「他還到機場去送翁太太的。」

文芳怔了半天，才輕輕蹦出一句：「全瞞著我了。」她深深的被傷害著，事情明明與她有關，簡直關係密切，除了金小姐沒人告訴她翁太太已去了美國。她忍不住打了個電話給家明：「你太太…。」

家明匆匆說：「我晚上去妳家。」電話就掛上了。

文芳正預備再撥電話，小妹進來說：「伯母電話。」

「那個伯母？」文芳想著吳伯母。

「令堂大人，妳媽媽！」小妹啼笑皆非。

文芳立刻接了電話：「媽！」

「文芳，今晚能不能回來吃完飯呀！媽媽熬了雞湯，清清的去了皮，一點油也沒有。妳吳伯母走了，妳一定營養不良。」

「媽，我今天有約會。」文芳說：「妳留著我明天回來喝。」

「一定啊，」高太太說：「要常常回家吃飯，否則搬回來住，越來越瘦了。」

「好啦，媽。」文芳撒著嬌，她那有時間回家，只是不由的兩眼有點淚花，在感到孤立時，想起了爸媽的溫馨。

她關照小妹不接所有電話，自己的手機也關上，把該簽字的文件先簽了，其他都先放著，回去等翁家明，他太太到了美國，她的處境倒更難了，情婦的名聲和實質更注定了。她能讓家明晚上不回來找她嗎？黑著來黑著去，大樓的人都會不知道？做個明明白白的情婦，她沒這臉，時代再進步，這個臉丟不起。她要翁家明告訴她，自己該怎麼辦，怎麼自處。

回家洗了個澡，不知不覺在沙發上睡著了。**她覺得翁家明在她額頭吻了一下，開了門走了，她起身來攔他**，才發現一房子空蕩，並沒有個人影。這已經快八點了，翁家明沒有來，她撥翁家明的手機，沒開機。她在屋裡徘徊了一下，先弄點東西吃，打開電冰箱，才知道媽媽的關心是對的，吳伯母不在，她沒注意自己的飲食，她烤了那唯一的一塊麵包，泡了杯咖啡，等和家明談個何去何從，再出去宵夜。

文芳相信自己快瘋了，心臟猛烈的跳著，手腳冰冷，頭腦漲痛，渾身發熱，十一點了，翁家明沒有一點消息！而她自己的電話手機全是暢通的，奇怪的是沒有一通電話進來，好像全世界的人把她遺忘了。

翁家明的電話仍然不通，文芳找程其新。

「喂…。」其新的手機是通的。

「其新…。」文芳儘量鎮定自己：「是我…文芳…。」

「文芳…。」其新那邊人聲吵雜：「妳還好吧？」

「你在那裡？！」

「我在新竹呀！」其新訝異著：「我上午不是告訴過妳嗎？」

「啊…。」文芳這才想起：「你要出差兩天。」

「有事吧！」其新顯然換了地方，那邊聲音清靜多了。

「你送翁太太去美國爲什麼不告訴我？」文芳說出心裡話。

「妳不知道？」其新說：「翁家明沒告訴妳？」

「你爲什麼提都不提？」

「你們之間的障礙去了，我該高興？」其新說：「我該恭喜妳。他太太走是很容易，再回來就難了。顯然的，他們決定離婚了，我還有什麼機會，還要和妳商議什麼，討論什麼？」

「你去送飛機應該講一聲呀！」

「我是去勸她留下！」其新說：「我怕妳怪我，只爲我自己著想，她如眞被我勸動了，在最後一分鐘爲了孩子留下，我不是破壞了妳嗎？我是怕，怕失去妳這個朋友，而且我正在考慮今夜打電話告訴妳，至少從我嘴裡告訴妳！」

「唉！你眞有心…。」文芳說：「金小姐告訴我了。」

「機場的情形眞淒慘，翁太太也太狠心，小女兒嗓子都哭啞了，死命拉著她不讓她進關！她頭也不回的走了。翁家明也手足無措渾身沒力，小女孩還是我抱回家的。」

文芳腦海浮沉著那種撒心場面，再也說不出話來。

「文芳…。」其新說：「我明天就回來了，妳打電話給我一定有事，別放在心上，翁家明的家務事應該處理，妳的事他也該面對，逃不了的。」

「他的小孩…。」文芳到翁家去過幾次，從沒碰到過小孩。

「兩個女孩，都很可愛…可現在…文芳，再見了，我明天打電話給妳。」其新掛上了電話。

文芳混亂的腦海裡想不出什麼頭緒來，翁太太一走了之，這殘局不好收拾啊。翁家明到現在下落不明，是在情緒激盪嗎？是家人在開家庭會嗎？家明爸媽，兄弟姊妹那有置之不理的，七嘴八舌著，家明身陷重圍，正不知怎麼對付呢？

時間一分分的過去，文芳有千奇百怪的想法，猜想著漫漫長夜，家明在什麼地方，就算他不知道自己已知道他家的變故了，一整個晚上沒有一通電話，是自從認識他以來從沒有過的現象。光就這一點就讓她潮思洶湧，不能自己，她覺得失去他了，像夢中一樣，吻一吻她的額頭，飄然而去。她一想到這種情形揪心的哭了出聲來，她不能失去他，他已經是她生活的重心，生活的支柱！吳伯母，原來是錯了！失去家明，光有事業…那談不上事業的事業，只爲了苟延殘喘的活嗎？吳伯母，我不如跟天俊去了！

在漆黑的深夜裡，『跟隨天俊去』是莫大的誘惑，天地悠悠，長夜漫漫，寂寂空屋中 沒有任何力量能使文芳不鑽牛角尖：「跟天俊去吧！」，空屋子裡有很大的聲音，一聲聲在催促著她。

緊逼著她，而她的心情竟因這個解脫而輕鬆了，不再緊張得發病似的等家明了，她思索著行動，天空已逐漸的透出曙光，黎明前的黑暗已快過去，天俊不會多等她的…。

「篤篤…。」敲門聲！

是其新嗎?他從新竹趕回來了嗎?

文芳大步奔到門前，開了門她倒出乎意料之外的怔住了，是家明，憔悴，疲憊的家明，一進門就撲到她身上，所有的重量壓跨了她，文芳和他雙雙跌倒在地，文芳費了半天勁把他推開，平躺著喘氣。

「我…。」家明微弱的說：「我本想先打個電話來，又怕妳睡著了，我這一夜…真比什麼都累。」

「…什麼 ?」文芳問。

「我女兒病了，」家明說：「發燒到 40 度…。」

「40?」文芳大吃一驚，這孩子的腦子燒壞了。

「已退下去了!」家明說：「好不容易退下去了!她昏昏沉沉中緊拉著我的手…。」

「啊!」孩子退了燒，她慌亂的心安了一些：「沒事了。」

「睡著了。」家明說：「睡夢中還叫媽媽。」

26

翁清清小妹妹病在醫院裡，雖然已退了燒，很快就要出院，文芳不能裝著不知道，她和家明商議，她和其新去醫院看看她，家明立刻說：

「不用，小孩子懂什麼，妳的好意我心領了。」

「我送把花給她。」文芳總覺過意不去。孩子的事不是大人引起的嗎？

「不用了，」家明再三擋著。

「我又不去。」文芳突然懂得家明的心意，孩子並不喜歡看到她：「我讓金小姐去。」

金小姐得到這個任務，中了她心意：「我也正要去看看她，我下班了。」

晚上家明打電話來：「今天女兒出院我陪陪她。」

文芳下了班回媽媽家去了，爸媽看到她喜心翻倒，立刻熱出雞湯和兩三樣菜來：「存在冰櫃裡的，專等妳回來吃。」

爸媽在一旁看著她吃，比她還有滋味，媽媽突然問她：「你們預備什麼時候結婚？」

「結婚？」文芳菜噎在喉嚨裡，不上不下：「誰結婚？」

「妳和翁家明呀。」

「媽…。」文芳噎得眼淚都出來了：「翁家明有太太的。」

「不是要離了嗎？」媽媽說：「妳的事，妳自己雖然不告訴我，妳哥哥、妹妹都是在外跑的，什麼事聽不到，其實妳和翁家明的事我們早就知道了，只是吳伯母攔著不要我們問妳，她現在也走啦，我們不問是不行啦。」

「吳伯母…跟妳們說了些什麼？」文芳臉都紅了。

「她要我們讓妳自己作主，叫我們少管。」媽媽說：「現在翁太太到美國去了，你們正好面對一下問題！唉！我跟妳爸爸每天等妳親口告訴我們些好消息，其實妳眞該跟爸媽說說，我們關心妳呀。」

「妳們不是什麼全知道了嗎？」文芳放下碗筷：「沒告訴爸媽，我對不起。」

「那…。」高太太不放鬆：「他太太走了，是分居，是離婚？妳跟他還是這麼拖著，做別人的茶餘飯後。」

「我會解決的。」文芳怯懦的說，昨晚等了家明一夜，她已深知家明對她的重要，她也知道自己愛他有多深，她和家明靈肉之間的密切，早超過了天俊，形成了股不可分離的親蜜，她能解決什麼？

「我寧可相信妳。」爸爸說：「有時妳哥哥嫂嫂很氣，那麼出色的妹妹…唉…。」

文芳勉強把湯喝完，又慢慢的吃了點水果，在爸媽注視下，她像受刑一樣難受。她離開桌子就向爸媽說：「我回去好好多想想。」

「搬回來住吧，吳伯母走了，妳連個商議的人都沒有。」媽媽說：「一個人住在外面，到底不像回事，回家來也多些商議的人。」

文芳耐著性子，好不容易離開了家門，慶幸今天沒碰到大哥大嫂，否則情況更難堪，住在外面固然給了家明和自己多了很多機會。可家人天天逼她表態，她也無法應付。

到了自己家門口，其新正靠在門邊等她：「妳怎麼不打個電話給我？」文芳問。

「我也是剛剛到，給妳帶吃的來。」其新舉了舉手裡的食物：「吳伯母走了，妳一定三餐不繼。」

「我到媽媽家去了。」文芳開了門：「喝點什麼？」

「先把東西放在冰箱裡，否則我們大小姐要吃餿的了。」其新一邊給自己開了瓶可樂：「妳臉色怎麼這樣難看。」其新湊近來看她。

「一言難盡。」文芳說：「你帶菜來了，我們喝酒不好？」

「不好！」其新說：「妳會養成喝酒的習慣，那就太不可愛了。」

「可是，」文芳說：「酒能忘憂。」

「暫時的。」其新說：「傷了身體，憂呀愁呀仍然存在。」

「我也擔心家明的女兒。」

「不必擔心，她已出院了。」其新說：「已有力量摔爛花瓶了。」

「啊…。」

「不知道她學校裡那個小朋友給她送的花。」其新說：「姊妹兩個個摔著玩，先是摔花，後來連花瓶也摔了。」

文芳心中一顫，會是自己送的花嗎？「你去看他們哪。」

「不是，我去找家明。」其新說：「他眞有本事，不聽電話，手機當然關上，好多人知道我是他好朋友，找上我啦。」

「我來試試。」文芳撥著電話，響了半天是菲佣接的：「他不在家。」文芳有試他手機：「果眞關了機。」

「你問他了沒有，什麼回事呀！」文芳說：「商場上人緊急事不少啊！」

「我問了。」其新喝著可樂：「他不管。」

「你找他什麼事？」文芳關心著。

「你們龐老闆其實有一手，他試著找不到家明，就找上我，後天他小生日，請幾個好朋友聚聚，高高興，已定好了『來來飯店會員廳』，我負責通知你們兩位，鐵三角找不到另外兩角，要我來通知。」

「他知道你找得到我們。」文芳給自己泡了杯茶，有其新聊聊眞太好了。

「我留了話，也留了紙條給家明，在這裡等他電話。」其新說：「他兩位小姐正大發雷霆，菲佣聽話一知半解，留紙條萬無一失。」

「好在是後天。」文芳嘆了口氣。

「他怎麼怪怪的呀！」其新說：「妳和他有聯絡嗎？」

「他…下午打過電話。」文芳說。

「說了什麼嗎？」其新說：「別悶著啊，弄得別人丈二和尚摸不著頭。跟我們捉迷藏，公司也不管，算他命好，有位好總經理，公司制度已上了軌道，否則呀…商場如戰場哦！」

文芳心裡更急，找不到人萬事成了一團迷霧。

「我覺得他太太一走，他就張皇失措了。」其新丟掉空可樂瓶：「他平時不大管家裡的事，」其新突然笑了：「他太太一走，他連牙膏在那裡都不知道。」

「他在料理家務。」文芳也輕鬆的笑了：「家務那點事，兩天就弄清楚了。」

「但願他有那麼能幹。」其新說：「找一個人管自己，常弄得一塌糊塗，爲了維持妳的設計，我一個星期整理一次。」

「請人幫忙呀。」文芳說。

「靠人不如靠自己。」其新說：「家明的菲佣正鬧脾氣要離開，兩個小孩一離開媽媽，變成了小怪物了，家明寵，叫人家怎麼辦，花摔了，家明不罵小孩，罵佣人，吵成一團。佣人告訴我，委屈死了。」

「很多花嗎？」文芳問得心虛，她已有不祥預感。

「不知那個倒楣鬼，居然送小孩子花，就那一束花已摔得滿屋子都是了。」

文芳知道兩個孩子恨上自己了，小孩子就已經知道大人們之間的亂七八糟了，這一定是翁太太臨走時對孩子們說的。說得具體而清楚，否則她們不會摔自己送的花。

其新過來坐在文芳對面，伸手在她面前搖著：「嗨！想什麼？」

文芳把其新帶來的菜全拿出來：「我餓了！在媽媽家等於沒吃。」

「哎呀！」其新模著肚子大叫：「我才眞餓了，我帶菜來就是要和妳一起吃的。」

倆人忙著熱菜，一會兒就菜香酒香的坐上了餐桌。

「吃飯！」其新說。

「先謝謝你。」文芳舉起酒杯。

「吃飯！」其新拿下文芳手中的酒杯：「吃飽了，我陪妳喝一杯，一杯，不准討價還價！」

「鈴⋯。」電話響了。

「我來接⋯。」文芳放下酒杯：「喂⋯家明，你在那裡，大家都在找你。」

「我在妳家電梯裡，馬上就到妳家。」家明掛上了電話。

文芳向新其說：「家明來了，在電梯裡了！」

「好呀，」其新其站起身來，摟著文芳的肩膀，開了門，倆人相依相偎的等著。

家明一出電梯門，倒有一些意外：「其新也來啦。」

「歡迎，」其新說：「正所謂，踏破鐵鞋無覓處，來的全不費功夫。」

家明推開他們，走向屋裡，一看餐桌上滿滿的：「在慶祝什麼？」

「我們兩個爲了你，現在才吃飯是眞的。」其新說。

「龐老闆要過生日呀？」家明也在餐桌前坐下問其新，又向文芳說：「請給我雙碗筷，我也沒吃晚飯。」

「你看到我的紙條了。」其新也坐下：「恢復正常生活吧。實在不行再請個菲佣，兩位小姐一人帶一個。」

「龐老闆的生日我一定會去。」家明拿著文芳的碗筷吃飯。

「我不會去。」其新說：「文芳，我眞有要緊的事以。」

「那種場面，」文芳說：「你忙你的吧。」

「來，」家明心情好轉著：「我們鐵三角也碰碰杯。」

「誰跟你鐵三角！」其新和他們碰杯，「我永遠是你的競爭者。」

吃了飯三個人在客廳裡聊天，其新突然說：「文芳，妳的餐桌還沒收？」

「吳伯母…。」文芳才說了一半突然止住了。

其新就拉起家明：「來，我們來收拾。」其新又攔著文芳：「妳看電視，隨便做妳的事。」

「該請個菲佣呀。」家明說。

「你到現在才說，早幹什麼去了？」其新埋怨著。

文芳看著電視，聽到廚房一陣亂七八糟，什麼聲音都有，她正要去看看，家明兩手都是水的被趕了出來。尷尬的笑著：「其新不要我幫忙。」

「你大概越幫越忙。」文芳遞給他些面紙擦手。

「我對家務眞是太白痴了。」家明說：「事事都得重頭學起。」

文芳看著他疲憊不堪，蒼白的臉上帶著些酒色，她眞想叫他到房裡去躺一躺，倒底礙著其新還在廚房裡邊吹口哨，忙亂著。

文芳向家明說：「我去幫其新，你在沙發上靠靠。」

廚房裡，其新已收好了殘菜，碗筷也洗過了，一看文芳來了，笑著說：「幫我把碗筷擦擦乾，妳自己放好，我放了妳又得找半天。」

「以後常來洗，就知道什麼東西該放什麼地方了。」文芳笑著。

「妳眞該請個人幫忙，不定全天，一個星期來個三次，我家就這樣，否則能見人。」其新說：「還能做樣品屋？」

「吳伯母走了不久，」文芳說：「我爸媽又叫我搬回去，我正沒打算呢。」

「我不亂出主意，」其新碰到正式問題，嚴肅的說：「我尊重妳自己的決定。」

兩人整理好廚房，家明躺在沙發上睡著了。其新替文芳和自己泡了杯茶。

「喝點茶休息一下，也讓他睡一會，我們就走。」其新說。

文芳有點臉紅，她明知道家明是預備留下來過夜的，現在的情形，當然是非走不可。茶喝完了，電視也轉了好多台，家明就是睡不醒。

「我要叫他走人了，他小女兒不還是病著嗎？」其新去叫醒家明：「起床了，該上班了！」

家明猛然驚醒，看著其新和文芳，才感到自己的失態：「我眞睡著了。」

「我們讓你睡了一個多小時。」其新說：「該起身打道回府了吧？」

「好。」家明看著文芳說：「龐老闆的生日，妳怎麼去？」

「我一個人去呀。」文芳說：「一定不少人吧！其新不能去。」

「好吧，」家明說：「我早點到，在那裡等妳。我有事會打電話給妳，妳不用找我。」

「你把電話手機都關了，都不接，是有什麼苦衷呀？」其新問。

「我不讓小孩和她媽媽通電話。」家明說：「我倒要看看她想不想孩子。」

「當然想。」其新說。

「可那麼狠心的說走就走？」家明顯然掩不住恨意。

「苦了小孩。」其新說。

「我會好好照顧小孩。」家明說：「你們少往我家裡攪和。」

「喂！」其新吼著：「你在對誰說話！睡醒了沒有？誰那麼無聊管你的事。走吧！」

家明默默愧然的看了眼文芳，和其新一起開門走了，在文芳關門時，兩人才想起沒向文芳道個晚安。

文芳對著空蕩的房子，調整著心神。在茶杯裡加了熱水，把從公司裡帶回來的圖樣攤在餐桌上準備工作。

突然，她從餐桌邊站起來，這是和吳伯母通電話的時間，她一想到吳伯母不由的嘴角有了笑意。

電話很快接通了。是吳伯母接的電話。

「我就知道是妳。」吳伯母聲音愉快：「妳再晚打一點，她們就要我去吃早點了。」

「出去吃呀。」文芳笑著問。

「就是嘛，」吳伯母說：「她們眞懶……。」

有人抗議，文芳和吳伯母繼續談了好一會。吳伯母總不忘關照她。

「沒事多回家看爸爸媽媽，什麼都是假的，親情是眞的。」

「什麼話呀！」文芳也抗議：「妳跟我怎麼算？」

「我們是一家人。」

27

在一個宮庭式的舞會裡，文芳頭上戴著鑽冠，白色輕沙的長裙，被擁在身穿禮服風度翩翩的家明懷裡，兩人深情的凝視著對方，突然四週的燈光全熄了，只有一股強大的光照向他們兩人，於是四週各處傳來各種漫罵的聲音：

「他們！」

「他們！」

不是一個特別清楚的夢，前兩天的夢，片段而模糊，文芳回想著夢境，確信生活中沒有這個可能，家明和自己不可能在大庭廣眾之間翩翩起舞，雖然這是自己嚮往的，可能性簡直等於零，除非有一天，家明和她結了婚……

文芳不再往下想，今晚要去龐老闆的生日宴會，不睡好，精神不濟，臉色會差，龐老闆處處把自己捧著，她不能替他丟臉，龐老闆欣賞她穿旗袍，她會穿件旗袍去。

龐老闆的生日聚會雖然人數不多，可都是各方雋彥，一張大圓桌，足可坐24人，美麗的蘭花妝點了大桌子的空曠，文芳淺黃色素面眞絲旗袍，簡單大方，贏得所有身著名牌女士的注目，男士們殷勤的招呼著她，龐老闆親自來替她拉坐椅，文芳拿出她包裝精美的禮物，向他笑著：

「生日快樂。」

「跟大家都聊聊，我不一一介紹，你們自己去認識，其實多半已見過面。」

龐老闆接過禮物，就交給了他的秘書。

文芳一左一右一男一女，好像也是單人來的，文芳拿出了名片，人家表示已經久仰她了，於是不少的人走過來和文芳交換名片，又一齊表示對她在電視上的表現落落大方，印象深刻。她旁邊的中年太太，雍容華貴，是龐太太的表妹，可善於交際健談，問了文芳很多問題，和默訥的龐太太完全不一樣。

「還沒結婚呀！」她笑容可掬：「妳可別太挑剔，尤其不能像現代流行的什麼…單身貴族一樣，只同居，也可以生小孩，就是不結婚。」她又問文芳另一邊的男士：「你太太今天怎麼沒來。」

「菲傭休假，她看孩子。」

「怎麼偏偏選今天休假。」貴夫人說：「我好久沒看到她了。」

「是呀，」男士說：「那天我替你們安排一下，由我作東，彌補今天…妳的損失。」

「妳看。」貴夫人向文芳說：「多好的丈夫，現在的男人眞比以前好得太多了。」

「唯獨花心改不了。」坐得稍遠的太太插進話來。「他呀，要不是今天這麼家庭式的慎重聚會，說不定他會帶位單身貴族女强人來。」

「拜託，」男士口頭討饒，表情可有點得意：「別一棒子打死所有男人，妳…對不起，我不該胡說。」

「胡說什麼?」女士毫不示弱:「我離了婚,在座的誰人不知,你別以為你好到那裡去,你太太是睜一隻眼,閉一隻眼,為了孩子…眞沒見過那麼愛孩子女人!」

一個頗有氣質的聚會,想不到文芳耳邊所聽到的話題離不開男男女女,她放眼看去,在座的夫妻檔還眞不少,單身的女性並不多,她把身體向椅子背後靠了靠,讓出空間使她左右鄰坐好講話,在公衆場合講的都是場面話,對面突然有人直接向文芳說:

「高小姐,我向貴公司接觸了幾次,想請妳幫忙,一直見不到妳,今天眞幸運,我以後有其他房子要裝潢,還是要找…請高小姐。」

「你不知道呀,」,有人說:「高小姐和龐老闆,翁家明是鐵三角,找不到高小姐,找翁家明也行,高小姐是翁家明的…公司的顧問。」

「翁家明…。」大家環視著大桌子,似乎唯一的空位子正等著他…來。「他還沒來呀!」

「不應該呀!」

正說著翩翩風度的翁家明走了進來,舉著手向大家道歉,特別到龐老闆夫婦面前低聲說了兩句。這才匆匆歸坐,一抬頭看到斜對面的文芳,眼中流露出愛慕深情,一直若有所失的文芳也驟然整個人揚溢著光彩,滿心熱烘烘起來,聚會不再枯燥,言語不再乏味,她隨著衆人的話題有興致的應對著,認識或不認識文芳的人都對她表示著興趣,跟著一道道的上菜,舉杯賀壽,話題不停的變,變來變去都圍繞著文芳,到底她是位單身年輕的美女,成為焦點是很容易的,有些敏感人士,已微微察覺到文芳和翁家明的眼波流蕩,小小的耳語在好奇著，突然，房內進來了兩個女孩和一位手足失措的菲傭。

「爸爸，」一大一小兩個女孩擠到翁家明身旁：「我們要回家了。」

這下整個房間沸騰了起來。

「好可愛的小女孩啊！」

「你們剛才在那裡呀…。」

「我們在外面。」大女孩以演講的姿態說：「在你們房間外的小客廳裡。」

「吃完飯了，」小女孩貼著家明：「我們告訴爸爸，我們要回家。」

「妳們媽媽呢？」雍容華貴的夫人問。

大女孩氣勢洶洶的指著文芳說：「被這個女人趕走了，她搶了我爸爸，把我媽媽趕到美國去了。」

文芳只覺得眾人眼光像探照燈似的向她集中過來，她自己什麼都看不見，在炫耀的光亮下，她只看到家明女兒的手直直的指向她，似乎在揭發她所有的罪狀。

她覺得所有聲音突然全部停止之後，又一陣逐漸擴大的嘩然！

「…爸爸…。」小女孩的哭聲最刺耳：「我們要媽媽，媽媽…。」

文芳不知道自己怎麼走到大街上的，她儘量向背光處走著，她終於坐上了計程車，要下車時，她才發現她的皮包丟了，她真絲的旗袍上沒有一個口袋，她手上一塊錢也沒有，她呆呆的坐在車裡。

「小姐…。」司機先生回頭看她：「車錢…。」

文芳一聲不響的下了車，又回頭向司機說：「我去拿。」

「倒楣！」司機先生發動著車子開走了：「碰到個吸毒的。」

文芳耳邊仍然是小女孩指責的聲音：「…把我媽媽趕到美國去了…。」她眼前是她細嫩的手臂，直直的手指。等她意識稍爲清醒之後，她竟站在自己爸媽家門口了。

「啊…。」文芳看著家門，一陣熟悉感，溫柔的刺激著她，她伸手下意識的按了門鈴。

「誰？」隨著聲音，門也開了。

「是姐姐哎…。」妹妹向屋裡叫著：「爸媽，姐姐也回來了。」

文芳進了客廳看到一屋子親人，爸爸，媽媽，弟弟，妹妹，那種溫馨的笑容，關切的眼光，她突然一陣頭暈，兩眼一黑，只覺得很多聲音越來越遠去，她終於完全失去了知覺。慢慢的她覺得四週圍繞著家人，自己平躺著，她漸漸的睁開了眼睛。

「醒來了！醒來了！」

「文芳，」媽媽在叫她：「文芳！」

「這孩子，怎麼了！」爸爸在感嘆。

「爸，媽。」文芳聽到自己細微的聲音。

「姐…。」弟，妹們在不停的叫她。

「什麼回事呀？」爸爸著急：「碰到什麼事了？」

「是不是被搶了…。」大弟弟在說：「手上空空的。」

「被搶了…。」有人附會。

「嚇壞了…。」妹妹抱著她：「不要一個人出來呀，我晚上都不敢一個人出去的。」

「她開車的。」

「車…。」弟弟說：「車鑰匙呢？我去看看附近有沒有二姐的車子，弄得不好車也丟了…。」

「妳皮包呢？」媽媽細心的問。

「不知道。」文芳不願再回想任何事：「你們…讓我歇一歇，我不太舒服。」

「要不要去醫院？」弟弟問。

「不要。」

「那…。」媽媽說：「妳到妳自己的房間去睡覺吧，什麼都是現成的，睡衣也有。」

「對，文芳，」爸爸說：「去睡吧，皮包掉了，我幫妳報…告訴爸爸，怎麼掉的…。」

「被搶啦！」妹妹說。

「爸，媽，」文芳說：「也許沒有丟。這件事我自己來處理好不？」

「二姐，」大弟弟說：「妳的事就是我們的事，妳的皮包是丟了還是被搶了呢？」

「丟了。」文芳說：「丟在朋友車上了，人家會替我收起來的。」

「對啦，人家的車子送姐姐到家，」妹妹模擬著說：「姐姐下車的時候忘了拿皮包。」

「是的…。」文芳順著妹妹的話，說起來還眞合情合理。「我先去睡了。」

文芳走進臥房時，聽到媽媽在竊竊私議：「…我覺得她一定遭到什麼事了…。」

「…她不肯說呀…。」弟弟說：「受了委屈的樣子…。」

文芳關上房門，眼淚終於大量的湧了出來。流不盡的是羞愧與自責，這種感覺將根深蒂固的深植她腦海，心田！成爲不可磨滅的利刃刺在她的骨肉內。深夜朦朧中，她似睡似醒，眼前的畫面永遠是直直的手指，一分一秒也不肯離開她。

突然，畫面換了，媽媽站在她面前：

「文芳，吳伯母的長途電話。」

文芳一時反應不過來，眼睜睜的看著媽媽，要確定她是眞實的，媽媽把電話遞到她手上：

「已經醒了，就聽聽電話吧。」媽媽又向電話那邊說：「吳太太，對不起，她才被我叫醒，糊裡湖塗的，麻煩妳…。」

文芳突然一把搶過了電話，聲淚俱下的哭叫著：

「吳伯母！」

「文芳，聽我說…。」吳伯母故意壓低著聲音：「妳別叫，妳爸媽會知道…。」

「不知道…。」文芳比較鎮定了，她做著手勢請媽媽出去，媽媽嘆著氣走了，並順手把房門帶上。

「翁家明找不到妳，急得要自殺了，他說妳的皮包丟在餐廳，身無分文，他打電話到妳家，妳的手機在皮包裡，他簡直找不到妳，還是其新提醒他，打電話給我，他們猜想妳可能回媽媽家了，但是兩個人都不敢來驚動，又不曉得妳對爸媽說了些什麼，要我打電話給妳。」吳伯母氣急敗壞：「妳告訴妳爸媽沒有？」

「沒有…。」文芳哽咽著：「我有什麼臉，能說什麼？」

「妳還好吧。」文芳問。

「唉…。」吳伯母長長的嘆了口氣：「在爸媽家休息幾天，好好想想。」

「我很好，常坐著輪椅去逛。」吳伯母說：「女兒還算孝順的。」

「好…。」文芳想問她會不會回台灣，簡直說不出口：「自己也多保重。」

「妳自己呢？有沒有打算？」吳伯母問。

「打算？」文芳覺得自己的頭腦不夠用。

「翁家明叫妳打個電話給他，其新也在等妳的電話。」吳伯母說。

「我會的。」文芳說：「總要面對現實啊…。」文芳又哭了：「我沒臉見人，怎麼上班呢？」

「班照常上，沒人管那麼多閒事，自己的感情都管不了啦，還有嘴去說別人。」吳伯母說：「現在是各憑自己良心，別人怎麼批評在其次，妳自己該怎麼做才是重要的。」

「妳…。」文芳突然想到：「知道發生了什麼事嗎？」

「翁家明說他小孩得罪了妳，妳氣瘋了。」吳伯母說：「小孩子氣起人來是夠受的，自己的親生父母都受不了，平白沒事還興風作浪呢。」

吳伯母顯然不太清楚事情的始末，翁家明不會那赤裸裸的告訴她，文芳更不會去傷害吳伯母，吳伯母如知道當時情況，一定比文芳自己還受不了。

「是呀…。」文芳說：「我…不會和小孩子生氣。」

「打起精神來上班，我再三說，那是妳的事業。」吳伯母說：「小孩子一言兩語的，妳就連班也不上啦。」

「我上，」文芳說：「妳不是叫我休息兩天嗎？」

「得跟公司講一聲，別讓大家找不到妳。」吳伯母說：「小事都鬧成大事了。」

「好的。」文芳硬壓下心底的酸楚：「我打電話給其新和家明，妳放心，我一定會好好處理我的事，不讓妳擔心。」

「妳爸媽，弟妹們也會關心妳呀，」吳伯母說：「為了大家，妳要快樂，開開心心。」

「我會的。」文芳下了決心：「我會為你們活得開開心心。」

「常常通電話。」吳伯母說：「想到我就打，不要管白天黑夜，年紀大了，什麼時候都能睡覺。」

「我掛電話了。」文芳說。

「打電話給其新和翁家明。」吳伯母掛上電話。

文芳想了想，撥了家明的手機。

「喂…。」家明立刻接聽了，他顯然是沒睡覺在等著電話：「文芳…。」

「我在媽媽家。」文芳說：「把我皮包送到公司去。」她說完就掛上了電話。

她又給其新電話。

「翁家明急死了。」其新說：「到底是什麼回事呀！妳眞能嚇人。」

「他怎麼跟你說的？」文芳問。

「他只說小孩纏著他，他把她們安排在你們聚會廳外的小客廳裡，他安排錯了？沒什麼錯呀，在小客廳裡有吃有喝還有菲傭跟著，能出什麼事？」

「你遲早會知道的。」文芳說。

「妳不能告訴我？」

「我累了。」

28

文芳捧著大堆圖表，興沖沖的往前走，走進了熟悉的大門，客廳裡笑聲喧騰，文芳看到家明夫婦和兩個女兒玩成一團，其樂融融，對站在門口的文芳視若無睹。

文芳從夢境中醒來，目睹著一個家庭的和睦，就因爲自己的介入而破裂了，歡樂不再了。作個隱形的第三者談何容易，她從未想過把翁家明據爲己有，她只當他是個貼心的安慰，她可以一輩子不嫁守著那份情，秋虹的遺書使她震撼，但並沒有點醒她，因爲她有分自信，對家明也有分信心，秋虹的遭遇不會發生在她身上，翁家明並不是花花公子，他愛上一個人不是件容易的事。秋虹的故事不會發生在她身上，想不到故事曲折不同，結果可能一樣。

她躺在床上身上出著冷汗，翁家明是個感情執著戀愛家庭的人，夢境中的他快樂來自心中，他丟得下那一個？其新說他『安排』得不好，一定是擺脫不了女兒的哭鬧，才把她們安排在『身邊』不遠處，太太到美國去了，孩子由他照料，他就是這樣照料的。女兒的出現使文芳無地自容，想必也破壞了龐老闆的生日宴會。

辦公廳公司的事不能鬆懈，龐老闆一定也在關心她的安危，躲得了一天兩天，又能躲多久呢？文芳打開所有想不通的思緒，和爸、媽、弟、妹一起吃了早飯，打起精神來去上班。辦公桌上好多留言，她第一通電話打給龐老闆，至少先留個話，想不到龐老闆接聽了電話。

「昨天夜裡，翁家明就打了電話來報平安。」龐老闆說：「好了，沒事了，一切恢復正常。」

「我特地來向您道歉，把您的生日…。」文芳說。

「妳走了，翁家明也走了。」龐老闆說：「當然把我的生日變成妳和翁家明的討論會，似乎有點說不過去，一來我們鐵三角，我多少得擔當一點，二來，生日宴會原來空洞，你們的事充實了談話的內容。」

「罵我就夠精彩的。」文芳嘆著氣。

「七嘴八舌吧了。」龐老闆說：「誰又是多麼了不起的人，誰也沒有資格丟出第一塊石子。倒是翁家明，他出乎我意料之外的愛家，愛孩子，他不是個狠心腸的人。」

「他如沒有人性，還可取嗎？」文芳說。

「妳不要把自己弄得太難。」龐老闆又開了話題和文芳談了回公事，才掛上電話。

文芳正要回其新的電話，家明來了，滿眼紅絲顯然一夜未闔眼，他把文芳的皮包放在辦公桌上：「車鑰匙也在裡面。」

「我不怪你。」文芳說：「我也不怪你女兒，我只是很難堪。」

「去吃飯吧，」家明說：「從妳昨晚走了之後，到現在我一口水都沒有喝。」

「我來約其新。」文芳知道事情很難解決，在沒辦法前能拖就拖吧。

「不！」家明按住電話說：「我們兩人，就我們兩人。」

「那…我約他下班後見。」

「拜託，」家明差點跪下來：「晚上我們詳談，好好商議。」

文芳堅持中午把其新找來，其新臉色很難看，悶著頭很少講話，家明和文芳也悶著頭不交談，其新的神色像個溫度計，想必他聽到了很多閒話，外界的沸沸騰騰影響了他的情緒。

「其新…。」臨分手各自回辦公廳時，文芳叫著他。

其新無可奈何的笑了：「你們兩個應該有智慧解決問題，我不再有意見。」

其新揚楊手大步走了。

家明送文芳到她辦公廳：「現在我們更得相守相愛，晚上我帶菜到吳伯母家，我們需要更多的單獨相處的時間，即使我們真的什麼都不能擁有，至少我們有時間，我們真心相愛。」

聽了他的話，文芳又漂浮了起來：「今晚…我想一個人多想想。」

「不！」家明說：「把妳想的全告訴我，我們的問題，我們共同解決，等我，我一下班就來…去吳伯母家。」

在文芳辦公廳前分手，家明緊緊的握住她的手：「我帶好吃的來，等我，我們隨時通電話。」

文芳按耐住煩躁的心情，把情緒集中到工作上，龐老闆的大樓要花很多心思，一點也不能走神，幸好一下午重要的電話不多，不重要的有空再打回人家。專心工作的結果，文芳情緒好多了，外面風言風雨再多，耳不聽爲靜，她平平靜靜的回到吳伯母家去。給爸媽打了個電話，洗個澡，換身輕便的衣服，等家明來互訴衷腸…我們該怎麼辦呢？

文芳第一次想做家明的太太，可以正大光明的在人前露臉，不是躲躲藏藏，不是牽腸掛肚，無限相思。相愛在於相見相守，愛上翁家明，相聚最多的地方竟是吳伯母家，這應該是屬於天俊和自己的。

時間一點點的過去，文芳已不止一次整理客廳、廚房和餐廳，她奇怪著自己這份期盼的心情，和昨夜在媽媽家的幽怨哀傷竟如此不同，原諒、諒解也是愛的一部份。她在培養情緒，她想提出些想法，他一定欣喜若狂，他的家庭已不是她的夢境，轉換改變一下未嘗就是壞事。離婚，再婚，在台灣連這種話題都不熱門。

她餓了，一看鐘八點，她一陣頭皮發緊，繼而一想他去買菜帶來的，再加點交通阻塞，再…公司裡有點事。她倒了杯牛奶充充饑，吃多了等下吃不下，躺在沙發上看電視。

她看到家明焦急的在馬路上奔跑，完全不顧車輛的危險，她嚇得一身冷汗。

「家明…。」她大聲叫著。

文芳把自己叫醒了，她又做了夢了。自己拿著搖控器，仍然睡在沙發上，再一看時間，她眞叫了…

「家明…。」

十點多了！家明…連個電話都沒來。她不可置信的盯著壁鐘，指針在規律的移動著。她又察看自己的手錶，十點一刻，和壁鐘一樣，她一陣心驚肉跳，剛才的夢！他狂奔在車水馬龍間的大馬路上，她不由的流下淚來：

「家明，千萬別出事。」

她急得從沙發上滾到地上，爬起來就打電話，手機不通，她打到他公司，沒人接，她只好打到他家裡去，鈴聲響了半天也沒人接。她跺著腳快瘋了。突然她站住了腳步，唯一可以求救的人只有其新，其新已經傷心了，不再管她的事了，但她顧不了。

「喂…。」其新的手機永遠是開著的。

「其新…。」文芳著急：「你知道家明在那裡？」

「不知道。」其新喘了口氣，又問：「這位大人物沒向我留話，妳也…找不到他！」

「他…手機沒開…。」

「他多半不開的，大老闆有兩位秘書，要手機，只是打出去用的。」

「家裡、公司，都不在…。」文芳有點語無倫次了：「連電話都沒有人接。」

其新那邊沉默，似乎也思索不出家明的下落：「我正在和外國客戶談件事，送他回旅館，我就來妳家。」

這下子文芳求救無門了。家明一定出了嚴重的事了，那麼殷勤的約定，他不可能無緣無故失約。

文芳坐立難安，想家明，想找家明，她才知道自己對家明所知道的竟這麼貧乏。她突然想到鐵三角，毫不思索的打了個電話給龐老闆。

「他還沒有回來，應酬去了。」龐家人禮貌的說：「請留下電話，如果有急事…。」

「沒有，謝謝你。」文芳放下電話才知道自己有多失禮，十一點多了。

「鈴…。」

是其新：「我已在妳家電梯裡了，放心開門。」

文芳掛上電話開了門，其新正走出電梯，穿戴整齊，還拿著公事包。他把文芳推進屋裡，關上門：「半夜三更不要隨便開門。」他到處看看，確信沒看到翁家明。

「你…喝點什麼？」文芳跟在他身後。

「茶。」其新坐在沙發上：「還是沒有消息？」

「我連龐家都找了。」文芳泡了茶來：「我怕他會出事！」

「這麼個大的人了，」其新突然問：「他家也沒人接電話？菲傭呢？小孩呢？大女孩十歲啦。」

「就是呀！」文芳強忍住眼淚。

其新低著頭思想。想了半天，抬起頭，向文芳說：「只有等…。」他拿起手機：「我再試試他家。」

他驚喜的站了起來：「我是程其新叔叔，爸爸呢？」

「在醫院，」十歲的女孩說：「妹妹出痘痘。」

「那家醫院？」其新問。

「榮民總醫院。」

「妳知道病房嗎？」

「知道呀，我不能帶你去，爸爸叫我回來睡覺，明天要上課。」

「妹妹叫什麼名字？」

「叫翁純純。」

其新很快的就找到了病房號碼，打電話過去，有人接。

「那位，小孩睡著了。」

「翁先生在嗎？」其新問。

「剛剛走，說是馬上回來。」

「妳是…」

「我是特別護士。」

「他回來了，請他打個電話給程其新好不？」

「等下，我記下來…。」特別護士又問：「怎麼寫？」

「工程的程，其他的其，新舊的新，拜託啦。」

「我記下了，一定告訴他。」

快一點了，家明來了電話，又嘆氣又道歉：「我去找我岳母了，他們明天出去旅行，說出疹子沒什麼，尤其住在醫院裡。」他又急急的說：「有其新陪著妳，我就放心了！」

「我…。」文芳忍住了，人家小孩住醫院，身邊還有其新在，她眞不能發脾氣、抱怨、訴苦！

其新把電話搶了過去：「家明，小孩的痧痲痘疹，我們弄不清楚，你太太有經驗，請她回來吧。」

「我一直在打電話給她，她不接。」翁家明說。

「沒有可以轉話的人嗎？」家明問。

「應該有，只是我沒有人家的電話，打長途台也因爲資料不全找不到。」家明一心在他太太身上了。

「你們沒有共同的朋友嗎？」其新提醒，他覺得家明陷入了恍惚，頭腦不清。

「問過了。」家明說：「她沒有和人家聯絡，朋友們還不知道她到了美國。」

「你寫封快遞去吧，一兩天就收到了。」其新說：「一早就寄，你要陪在醫院過夜嗎？」

「沒辦法，她一睁開眼，就要看到我。」家明說。

文芳向其新說：「明天龐老闆的會議他去不去？」

「明天能工作嗎？走得開嗎？龐老闆的會呢？」其新問。

「我想辦法去。」家明說。

其新問文芳：「妳聽電話吧。」

文芳接過電話：「你休息一下，別太累著了。」

「文芳…。」家明也不知道該說些什麼了！「照顧孩子眞不容易，妳多體諒，多原諒我。」

「我會的。」文芳有說不出的悲傷。

掛了家明的電話，其新向文芳說：「能把他太太找回來也好，乘機做個了斷，家明根本照顧不了小孩，兩邊拖著，我看不如把孩子讓他太太管。」

「了斷？」文芳對這兩個字刺心：「家明和他太太了斷？」

「當然不容易，他太太沒這意思，」其新說：「但也不能長期的分居，不理家務和孩子。」

「其新，」文芳說：「人家家庭的事你別多出主意。」

「我只是對妳說說。」其新說：「在家明面前，我只關心小孩。妳管什麼呢？妳只管家明？」其新不等她回答，站起身來拿起公事包：「我的客戶還在，我明天還得陪他，妳也早點睡，家明好好的在醫院陪孩子，妳就安心睡覺，明天容光煥發的去見龐老闆，鐵三角別弄得兩角萎靡不振，人家龐老闆可是認真的，不是跟你們談戀愛的。」

「謝謝你特別趕來。」文芳送他到門口。

「我還要謝謝妳哩。」其新笑著說：「跟妳在一起是我最快樂的事，妳有事不找我，才傷我的心。再見，晚安，好好睡，翁家的事，他自己看著辦，妳少操心。」

「晚安。」

文芳當然懂得其新囑咐的道理，只是說來容易，做起來難。她睡在床上輾轉反側，心裡亂得跟亂絲一般，連個頭緒也沒有，今晚難熬，往後的日子恐怕更複雜，家明去了信，母子連心，翁太太一定馬上回來，翁家如果問題不斷，勢必影響到她！自己能承受多少呢？

她一夜沒好睡，第二天一對鏡子，上眼皮浮腫，下眼眶發黑，她仔細的化妝，務必達到其新口中所說的容光煥發。她和辦公廳通電話，叫小妹準備所有龐氏文件，她到地下室的車子上等著帶到龐氏企業，她實在沒有精神去處理其他的事了。車子開到龐氏企業的地下室，她居然看到家明的車子，司機正在擦車子，還特別向她打招呼。她心中不由的一陣烘熱，不枉她的精心化妝，她愛家明，也在乎家明愛她。

她的高跟鞋響在大理石上，出了電梯，詢問台上的小姐殷勤的領她到會議室，會議室裡除了家明外，也有其他幾個人，文芳和眾人打過招呼，不由自主的坐到家明旁邊，注視著他的疲憊，以眼神心疼著他，完全忘了他的失約。

「我已經寄了信了。」家明輕聲說：「我太太回來，我就輕鬆了。」

「她一定會回來嗎？」文芳說：「你跟她要求離婚才把她氣走的。」

「她…那麼愛孩子，一定回來。」

兩人輕聲細語，連龐老闆走進來都沒有看見。

29

結婚進行曲激動著文芳喜悅的心情，在爸爸的攙扶下，她走得很慢，她顧忌的是禮儀，她的心早飛到家明的身邊去了，透過面紗，她無視眾多的賓客，只遠遠的注視著家明高大挺直的身影。她的美好引來讚嘆聲，在音樂和細碎的人聲中，她終於走到家明身邊，爸爸的手鬆了，新郎倌向她伸出手來，文芳嚇住了，不是家明，新郎倌絕對不是家明，她慌亂的四處看著找著；沒有禮堂，沒有賓客，自己也不是新娘子！她穿著上班的便服，孤伶伶的站在空無一人的…地方。

文芳僵在床上，這是什麼夢呢？這兩天她確實想和家明有個結果，他太太可能回台灣解決他們的婚姻問題，難道她白天的胡思亂想，真如夢中一樣是一場空嗎？或者是自己的潛意識呢？難道從見家明第一眼，自己就愛上他了，這般潛意識就一直深藏心底，從相愛到現在該到結婚了。家明信已寄了出去，他太太會不會回來？回來再拖下去，自己仍然是個偷情幽會的第三者，亦或是家明決心離婚，爲自己不惜一切！可是文芳的把握越來越少，自從他大女兒在龐家宴會和她一場大鬧，家明的態度有了改變，他疲乏，他困擾，他心神不寧。他已不是個戀愛中的男人，他如何處理他和女兒之間的問題，她不知道，也不便追問，但是他顯然的有了改變。

又是一夜失眠，寂寞的等待著天明，胡思亂想徘徊的心態是自己的不夠決心，所有的痛苦是自己形成的，堅絕拒絕家明，他能怎麼樣，牽絆他的情感太多。他太太一走，倒試出了他對孩子的重視，即便談離婚，孩子成了大問題，像夢境一樣，文芳會是孤伶伶的站在親友遠離的空曠裡。

自從在龐老闆宴會上受了刺激，文芳頭痛毛病加重了，失眠更增加頭痛欲裂，她處處放著頭痛藥。爲了吃頭痛藥，她强迫自己吃早餐，吃著吃著流下了眼淚，守著一屋子清冷爲了什麼。她趕快離開家門，開車去辦公室，預備在工作中忘憂，忘去夢境。她的手機響了，是家明。

「文芳，早上忙得沒打電話給妳，妳自己醒來的？」

「我又夢到你。」

「我是日夜陪著妳的，我的心，我的情全在妳那邊，妳當然會夢到我。」家明說：「今天我們見不了面，小女孩出院，我要陪她。我會在夢裡陪妳。」

「你…。」文芳有點難於啓齒：「你太太收到你的信了吧，有電話回來嗎？」

「沒有。」家明聲音沉悶著。

「那…。」文芳很想他。

「明天見。」家明匆匆掛上電話。

家明的太太，文芳見過，也談過話，不是個絕到連女兒生病都不顧的人。她怕回來，怕家明逼她離婚嗎？

她在辦公廳忙了一天，又見了新客戶，人家有誠意的找上門來，也足見高文芳三個字在設計裝潢方面小有名氣，到了下午四點鐘，她問小妹還有沒事，小妹說：

「金經理有事向妳報告。」

文芳打電話給小金，她正在工地裡。

「我帶著林小姐在這裡，今天絕對不能完工，客戶要按合同扣錢，我算了一下，我們加班還便宜一點，向妳說一聲。」

「工作人員同意加班？」文芳問。

「老班底了，情商通過。」小金說：「我不回公司啦，本來要回去聽妳訓的，現在加班了，妳的損失不大，剛剛才解決，老闆，明天見啦。」

明天見，今天所有…好些人都和她「明天見」，連其新在內。她正頂不住了，提前回家睡覺。她正要出門，快捷公司送信件來，她叫小妹收下。她實在睏了，天大的事明天再說。家裡有寂靜的空氣和沉默的傢俱，她匆匆洗了臉上床睡覺，她睡得很熟，沒有夢，沒有電話鈴聲，她舒暢的自自然然醒來，一屋子漆黑，她分不清現在是清晨還是晚上，終於她完全清醒過來，打開床頭燈，晚上九點多了，這一覺睡得真長，把幾夜的不好睡全補過來了，她坐在床上想想，現在該做些什麼呢？找個人來吃晚飯，她拿起手機很自然的撥了家明的電話。

「喂…是我，我到處…。」

「家明…。」文芳聽不懂他在說些什麼，很高興找到了他：「我是文芳…。」

「啊…」家明有點失望：「有事嗎？」

「你過來陪我…。」

「不是講好明天見嗎？」家明說：「我走不開，小孩一睜眼看不到我就尖叫。」

「啊！」文芳像被潑盆冷水：「我睡糊塗了，忘了，明天見。」

「文芳…。」家明趕快叫住她：「妳好嗎？」

「我只是餓了，不想一個人吃飯。」文芳說。

「妳還沒吃晚飯？」家明問：「九點多了。」

「我睡了個覺。」文芳好像已告訴過他，自己睡糊塗了，還是自己眞糊塗了？

「要懂得照顧自己，吳伯母走了，妳日子都不會過了，唉！」家明長長的嘆氣：「我又特別忙。」

「放心啦！」文芳強打精神，儘量愉快著聲音：「我炒個蛋炒飯，再開兩種罐頭，一點花生米，絕對豐富。」

「這我就放心了。」家明說：「快去吃飯吧，明天見。」

她怔忡的放下電話，一股不愉快的情緒遮掩著了她，她慢慢的下了床，把全屋子的燈全打開，一邊想著那不愉快的來由，是獨處的夜晚，還是家明的語氣。她在窗前停住，似乎看到家明在窗下的街上等著她，她也看到自己不顧一切的奔向他。現在他隨時可以登堂入室，留給她的卻是寂寞。她離開窗口，要和寂寞宣戰，冰箱裡沒有飯，只有麵包和牛油、起司，她烤了片起司麵包，倒了杯牛奶，她不由的笑了，家明講得沒有錯，她是不會照顧自己，只是在家吃飯，早、中、晚都是麵包、牛奶。她這才想起自己不會做菜，難怪家明說她不會過日子。

她把麵包和牛奶拿到電視機前去吃，有聲音有「明星」的客廳果然生動了起來，儘管那些電視節目對她是陌生的，她很少有時間看這時段的電視。麵包吃完了，牛奶喝完了，她仍坐在電視機前不想動，動什麼呢？去洗個盤子和杯子？她看著電視機，竟打不通一個電話出去，她連個談天閒聊的女朋友都沒有。現在回媽媽家去又嫌太晚了，會引起不必要的猜疑。

盤子和杯子還是洗了，又洗了澡，十一點了，可是她精神飽滿，還不想睡覺，也沒有工作情緒，只有呆呆的坐在電視機前，遙控器不斷的轉著，她突然看到一個古堡和一大片綠茵草地，到歐洲去旅行吧，蜜月旅行。十二點過後應該是「明天」了吧！

「明天」她將把今夜的寂寞都填補上，她一整夜企盼著明天。

「明天」她才進辦公室坐定，小妹就遞給她一個大信封：「這是美國來的快捷，妳昨天走得匆忙，今天快看吧。」

「啊！」文芳趕快打開信封，她看到一封信。

「秀晴：妳匆匆離去，家裡出了很多事，到處找妳也聯絡不上，妳的作法我完全能諒解。只是小妹出疹子，我束手無策，沒有妳真害了孩子，為了孩子，盼望妳能回來，孩子不能沒有妳。無論如何，打個電話回來，我們三人都快瘋了。

祝好

家明上」

文芳完全怔住了，頭腦一片混亂，再三的才看清楚信中的內容，她混身顫抖，手中的信掉在地上，她拼命的把它撿起來，看到信旁邊還有兩行，一開頭居然是稱呼她的：

「文芳小姐：妳以為我該回家嗎？能回家嗎？可以回家嗎？我等妳的來信，信封上有我的地址。

祝

萬事如意

翁家明太太

秀晴上」

文芳經過了一陣發冷發熱的煎熬，慢慢的冷靜了下來。

小妹推開她的門問她說：

「妳的電話，我…。」小妹看出她的臉色難看：「妳病啦，翁先生的電話哎，我叫了妳好半天了。」

文芳搖搖頭，虛弱的說：「不聽！」

「那…程先生呢？」小妹遲疑著：「他一早來過電話，說妳沒開手機，請妳回他電話。」

文芳還是搖頭：「我要回去了。」

「公司……。」小妹著急：「有些支票要開。」

「明天吧。」文芳把翁太太的信放在公事包裡，慢慢的走了出去。

她正要進電梯，其新剛好從電梯裡出來，一把抓住她：「妳見了鬼啦，臉色發青，兩眼發直的。」

「我要回家。」文芳直覺的說。

「妳病了。」其新握著她冰冷的手：「難怪不回我電話，我送妳回家。」

文芳隨著他進電梯，上了其新的車。才一坐定，文芳就靠在坐椅上，頭仰在車背上。其新發動了車子，沒開多久，文芳就斜靠到他這邊來了。其新立刻在路邊停了車，開了文芳這邊的車門，把她扶到後座去躺著。

「我送妳去醫院。」

其新關上車後座的門，在關前座門時，看到文芳的公事包裡的公文散了一車，他一一撿收著，他看到了翁家明的信，也看到他太太寫給文芳的幾句話，他心中雪亮的關上車門，他沒有送她去醫院，他扶著她回吳伯母家，讓她躺在床上。握著她的手，向她深情摯意的說：

「知道我爲什麼急著找妳嗎？我要妳嫁給我。」

234

台北縣永和市自由街51號9樓之3

瀛舟出版社收

請貼郵票

通訊處：

寄件人：

市 縣

鄉鎮 市區

路(街) 段 巷 弄 號 樓

請用阿拉伯數字書寫郵遞區號

(請沿虛線剪下)

瀛舟叢書讀者服務卡

謝謝您購買這本書，爲了提供更好的服務，敬請詳塡本卡各欄後，寄回給我們（請貼郵票），您就成爲本社貴賓讀者，將不定期收到本社出版品、各項講座及讀者活動等最新消息。

您購買的書名：________________________

購買書店：______ 市 / 縣 ____________ 書店

姓名：__________ 年齡：_________ 歲

性　別：□ 男 □ 女　　婚姻狀況：□ 已婚 □ 單身

通信處：________________________

電話：________ 傳眞：________ Email：____________

職　業：
□ 製造業　□ 資訊業　□ 大眾傳播　□ 公
□ 服務業　□ 自由業　□ 農漁牧業　□ 教
□ 金融業　□ 學生　□ 軍警　□ 其他

教育程度：□ 高中以下　□ 大專　□ 研究所

您習慣以何種方式購書？
□ 逛書店　□ 劃撥郵購　□ 電話訂購
□ 傳眞訂購　□ 團體訂購　□ 銷售人員推薦
□ 其他 _________

您從何處得知本書消息？
□ 逛書店　□ 報紙廣告　□ 廣播節目　□ 書評
□ 親友介紹　□ 電視節目　□ 其他 ____________

建議：

（請沿虛線剪下）

瀛舟出版社

電話：（02）29291317　傳眞：（02）29291755

e-mail: publisher_supreme@altavista.net

名家叢書

第3者的空間

The Struggle

作　　者 / 朱秀娟
總 編 輯 / 趙鍾玉
封面設計 / 阮文宜
內文排版 / 方學賢
法律顧問 / 趙飛飛 律師
發　　行 / 瀛舟出版社 (Enlighten Noah Publishing)
社　　址 / 3521 Ryder Street, Santa Clara, California 95051, USA.
電　　話 / 1-408-738-0468
傳　　眞 / 1-408-738-0668
電子郵件 / info@enpublishing.com
網　　址 / www.enpublishing.com
國際書碼 / ISBN 1-929400-22-5
台北辦事處 / 台北縣永和市自由街 51 號 9 樓 之 3
電　　話 / (02) 2929-1317
傳　　眞 / (02) 2929-1755
郵政劃撥 / 8259-2487-2557
總 經 銷 / 時報文化出版企業有限公司
地　　址 / 台北縣中和市連城路 134 巷 16 號 5 樓
電　　話 / (02) 2244-5190
定　　價 / NTD 250
初　　版 / 2001 年 6 月